Aus dem Englischen übersetzt von Irmela Erckenbrecht

Mit Illustrationen von Ralf Butschkow; Chris, Joy and Zoe Mutter; Mike Mosedale

1. Auflage als Arena-Taschenbuch 1997

Originalverlag: Hodder Children's Books, London
Titel der englischen Originalausgabe: "How to do your homework in ten seconds flat"
Aus dem Englischen übersetzt von Irmela Erckenbrecht
Einband: Ralf Butschkow
Innenillustrationen: Ralf Butschkow; Chris, Joy and Zoe Mutter;
Mike Mosedale

Satz: SATZSPIEGEL, Göttingen
Druck und Verarbeitung: Westermann Druck Zwickau GmbH
ISSN 0518-4002
ISBN 3-401-01905-8

VERHALTE DICH TOTAL NORMAL!
GIB DICH GANZ COOL!

Summ ein Lied. Pfeif vor dich hin. Tu irgendwas, aber gib dir um Himmels willen Mühe, dabei völlig entspannt auszusehen. Gut so. Und jetzt lies dir diese Seite durch – schnell! Wir wollen dir nämlich etwas sehr Wichtiges über dieses Buch anvertrauen. Das Problem ist, unsere Nachricht ist so gut, dass sämtliche alten Knacker und alle, die sich sonst noch „Erwachsene“ nennen, dir am liebsten sofort das Buch aus der Hand reißen, damit weglaufen und schreien würden: „Ich hab eins! Ich hab eins erwischt! Hurra!“

Warte also lieber noch ein bisschen! Wirst du auch ganz bestimmt nicht beobachtet?

Vorsicht, Vorsicht. Schau dich noch einmal unauffällig um. Wenn du das Gefühl hast, dass dir jemand zusieht, solltest du später weiterlesen.

Es ist nämlich so: Unser Buch befreit dich ...

HALT!

T'schuldigung, falscher Alarm. Tut uns Leid. Aber man kann gar nicht vorsichtig genug sein. So, und jetzt lies ganz schnell den nächsten Satz:

Unser Buch befreit dich ein für alle Mal von allen Hausaufgaben.

Das war's. Das war's – und jetzt lauf, so schnell du kannst! Das Buch muss überleben! Die Geheimnisse müssen überleben! Denk daran, wenn du glaubst, dass du nicht mehr laufen kannst!

Wir treffen uns dann auf den nächsten Seiten wieder.

ÜBER DIE AUTOREN

Tim de Jongh hat schon in einer ganzen Reihe von Büchern was geschrieben. 1992 z. B. eine Extraseite für „Schuld und Sühne“ (von dem Russen Fjodor Dostojewski). Er hat die Extraseite in seine eigene Ausgabe und auch in die Ausgabe in der Bibliothek gesteckt. Auch in „Moby Dick“ (1993) und „Die Hexen von Eastwick“ (1994) hat er neue Seiten eingesteckt, die er für wichtige Verbesserungen hält. Tim lebt in Norwich, genau wie eine Menge anderer Leute, die ebenfalls in Norwich wohnen.

William Vandyck ist noch immer als Rechtsanwalt tätig. Seit unserem letzten Treffen hat er für die Children's Company geschrieben, ist in The Punt and Dennis Show bei der BBC aufgetreten, ist durch Patagonien gereist (eine tolle Landschaft – fahrt selbst mal hin), hat vorm Revisionsgericht einen führenden Motorenhersteller in einem Fall vertreten, in dem es um verstauchte Zehen, geschnittene Finger und leichte Erkältungen ging.

INHALT

WIE DU DEINE LEHRERINNEN UND LEHRER DAVON ABHÄLTST, DIR HAUSAUFGABEN ZU STELLEN

Die eigenen Hausaufgaben in zehn Sekunden erledigen zu können ist gut. Noch besser ist allerdings, deine Lehrerin oder deinen Lehrer davon abzuhalten, dir überhaupt Hausaufgaben zu stellen. Das ist bei weitem die beste Methode – sehr viel besser jedenfalls als „Ehrlichkeit" oder die neueste EU-Verordnung über Fische in Latzhosen, die so dämlich ist, dass sie bisher noch nicht mal in den Nachrichten erwähnt wurde. Ja, unsere Methode ist genial – und sie ist visionär, denn in einer idealen Welt würde es sowieso niemals Hausaufgaben geben.

Neueste wissenschaftliche Untersuchungen haben ergeben, dass die wirksamste Möglichkeit, Lehrerinnen und Lehrer vom Stellen lästiger Hausaufgaben abzubringen, darin besteht, sie in den Klassenschrank einzuschließen. Dann braucht man nur noch ein lebensgroßes Pappmodell auszuschneiden und vor die Klasse zu stellen. Ergänzt wird das Ganze durch eine große Sprechblase mit der Aufschrift: „Ich gebe keine Hausaufgaben. PS: Ich bin nicht aus Pappe ausgeschnitten."

Die Methode hat jedoch einige Nachteile:

A. Die Gefangenen könnten entkommen.

B. Um keinen Verdacht zu erregen, müsstest du die Pappkameraden in den Pausen ins Lehrerzimmer und nachmittags auf diverse Konferenzen schleppen.

C. Wenn sie entkommen, fällt es ihnen womöglich schwer, die Sache mit Humor zu sehen, und sie setzen dich auf eine doppelte Ration Hausaufgaben, und zwar lebenslänglich.

Deshalb stellen wir dir auf den nächsten Seiten ein paar professionelle, vielfach bewährte Ablenkungsmanöver vor, mit deren Hilfe du die größten Chancen hast ganz ohne Hausaufgaben davonzukommen.

Wichtiges Treffen

Diese Mitteilung gibt deiner/m Lehrer/in so viel zu tun, dass er/sie völlig vergisst, euch irgendwelche Hausaufgaben aufzubrummen. Schneide sie einfach aus und gib sie vor der Stunde ab.

HIER SCHNEIDEN

GOUVERNEURSTREFFEN

Liebe/r Lehrer/in,

für heute ist ein Gouverneurstreffen in unserer Schule anberaumt, und zwar ausgerechnet in Ihrem Klassenzimmer.

Bitte, stellen Sie alle Tische an die Seite und sorgen Sie dafür, dass es überall hübsch sauber und ordentlich ist. Und lassen Sie die Kinder fünf Minuten vor Stundenende gehen, für den Fall, dass die Gouverneure früher kommen. Sie haben es nämlich nicht gern, wenn sie gesehen werden. Ich selbst habe in meinem ganzen Leben auch noch keinen leibhaftigen Gouverneur gesehen. Sie etwa?

Vielen Dank für Ihre Mithilfe!

Mir geht's gut. Ihnen auch?

Direx

Ansteckungsgefahr

Kleb diesen Zettel an deine Klassentür.

HIER SCHNEIDEN

Hochoffizielle Seuchenwarnung – Hausaufgabenitis!

Leider hat es in unserer Gegend einen erneuten Ausbruch dieser äußerst ansteckenden Krankheit gegeben.

Im Umkreis von 50 Kilometern sollten daher keine Hausaufgaben mehr gestellt werden, bis das Seuchenamt anders lautende Anweisungen erlässt.

Halten Sie dringend alle Hausaufgabenhefte geschlossen.

Diese Meldung ist hundertprozentig wahr und kein bisschen erfunden. Seien Sie auf der Hut. Werden im Gefahrengebiet trotz aller Warnungen Hausaufgaben gestellt, kann dies höchst unangenehme Folgen haben. Erst kürzlich hat ein Aufflackern der gefürchteten Krankheit dazu geführt, dass mehrere Lehrerinnen und Lehrer ihre Stellen verloren haben.

Also heute keine Hausaufgaben, kapito?

Gezeichnet

Lauter wichtige Leute

Sternschnuppe

Hol während der Stunde diesen Zeitungsausschnitt heraus und lies ihn mit nachdenklicher Miene. Wenn dein/e Lehrer/in merkt, dass du nicht aufpasst, entschuldige dich und zeige ihr/ihm zögernd, was du gelesen hast.

ASTRONOMISCHES JAHRHUNDERTEREIGNIS!

Heute Abend werden bei ihrem Eintritt in die Erdatmosphäre über unserer Stadt Zehntausende von Sternschnuppen aufleuchten.

Ein Sprecher der Deutschen Sternguckgesellschaft sagte: „Es wird fantastisch sein! Einfach fantastisch! Ehrlich gesagt, ich kann es kaum erwarten. Ich habe mir schon zwei belegte Brote geschmiert und meine Thermoskanne eingepackt. Und wenn die Lehrerinnen und Lehrer heute keine Hausaufgaben stellen, werden auch unsere Schulkinder Gelegenheit haben sich dieses ungewöhnliche Spektakel anzusehen. Dabei werden sie natürlich jede Menge lernen. Selbst die kompliziertesten Deklinationen werden sie plötzlich auswendig können – wenn sie bloß keine Hausaufgaben bekommen."

Die Sternguckbehörde bittet alle Lehrer, am heutigen Tag auf Hausaufgaben tunlichst zu verzichten.

Stellenanzeige

Schiebe diesen Brief unter die Tür des Lehrerzimmers und bereite damit allen Hausaufgabenplänen ein jähes Ende.

HIER SCHNEIDEN

WICHTIGE MITTEILUNG DES SCHULAMTS

LEHRERSTELLE FREI

Eine unserer begehrtesten Lehrerstellen ist kürzlich frei geworden.

Unterrichten Sie in der angenehmen Atmosphäre unserer Spezialschule für besonders streb- und folgsame Schüler und zocken Sie ein jährliches Einkommen von 500.000 Märkern (in neuen, unmarkierten Banknoten) ab.

Gesucht wird ein/e echt lockere/r Lehrer/in, der/die keine Hausaufgaben stellt. Positive Referenzen Ihrer bisherigen Schülerinnen und Schüler sind für die Einstellung ausschlaggebend. Die neue Lehrkraft muss den Ameisenbär der Schule versorgen, aber garantiert keine Pausenaufsicht führen und auch ganz bestimmt niemals schreien: „Wer macht hier eigentlich ständig diesen Krach?"

Nur Mut – jede ernst gemeinte Bildzuschrift wird garantiert beantwortet. Ein fantastischer Job erwartet Sie.

Wenn Sie glauben der Aufgabe gewachsen zu sein, bewerben Sie sich bitte bei Ihrem Schulamt – aber denken Sie daran: Teilnahmeberechtigt ist nur, wer keine Hausaufgaben stellt.

Feiertag

Komm atemlos gerade noch rechtzeitig zum Beginn der Stunde und behaupte, du seist auf dem Flur rein zufällig dem Direx in die Arme gelaufen, der dir den folgenden Rundbrief gegeben habe.

An: **Alle Lehrer und Lehrerinnen**
Von: **Allen Direktoren und Direktorinnen**
Betrifft: **Alle Hausaufgaben und Hausaufgabinnen**

Heute ist der Festtag des Heiligen St. Fauling, des Schutzpatrons aller Hausaufgabenlosen.

Ich bin sicher, Sie alle kennen die Geschichte von St. Fauling, der im ausgehenden 4. Jahrhundert an der Grenze zu Mesopotamien eine Schuhfabrik gründete. Eines Tages sprach aus dem Schuhschrank eine Stimme zu ihm, und er zog (mit Freuden) aus und widmete sein Leben fürderhin nur noch der Vernichtung von Hausaufgaben. Erst Jahre später stellte sich heraus, dass am nämlichen Tag Sandra, das Nachbarsgeißlein, in den Schuhschrank gekrochen war, um sich vor dem bösen Wolf zu verstecken. Aber das ist eine andere Geschichte ...

Wie auch immer. Um St. Faulings Ehrentag würdig zu begehen, sind heute alle Schülerinnen und Schüler von den Hausaufgaben befreit.

Gezeichnet

Direktionssekretariat

Jemand, der gerade im Direktionssekretariat war

Jemand, der zufällig vorbeikam und schon immer mal so etwas Hochoffizielles unterschreiben wollte

HIER SCHNEIDEN

Tennis-Ass

Dieser Brief funktioniert so gut wie immer – solange du ihn nicht mehr als einmal der/m gleichen Lehrer/in zeigst.

Nick Faldo

Professionelles Super-Tennis-Ass
Ich spiele für Sie bei allen Gelegenheiten
Hochzeiten, Betriebsfeste, World Open in Ihrer Heimatgemeinde

Liebe Lehrerinnen und Lehrer,

ich spiele heute Abend in einem Wohltätigkeitsturnier ganz in der Nähe Ihrer Schule (wenn's sein muss, auch bei Flutlicht) und möchte, dass dieses liebe Kind mein Balljunge/Ballmädchen ist.

Leider bedeutet das, dass er/sie heute keine Gelegenheit hat seine Hausaufgaben zu erledigen, aber es kann gut sein, dass er/sie so eine Chance nur einmal im Leben bekommt.

Denken Sie an die wichtige Vorbildfunktion der stets hart und für wenig Geld arbeitenden Tennis-Asse. Und zerstören Sie die Träume dieses Kindes nicht.

Mit den besten Wünschen – küss die Vorhand!

Nick Faldo

Nick Faldo

PS Warum heißt eigentlich sonst niemand Faldo?
PPS Wussten Sie schon, dass ich ein Tennis-Ass bin?

PPPS Wollen Sie mal hören, wie weit ich den Ball schlagen kann? ZZZZACK!

Soziales Engagement

Schneide diese praktischen Sticker aus und bringe sie so an, dass dein/e Lehrer/in sie sehen kann.

*Keine Hausaufgaben –
eine Kampagne
für eine bessere Bezahlung
unserer Lehrkräfte!*

KEINE HAUSAUFGABEN –
EINE KAMPAGNE
GEGEN DIE SCHLIESSUNG
UNSERER SCHULE!

**Keine Hausaufgaben –
eine Kampagne für die viel zu oft
mit Füßen getretenen Rechte
unserer armen, missverstandenen
Lehrerschaft!**

Der große Preis

Trage den Namen deiner Lehrerin oder deines Lehrers in die Ehrenurkunde ein und überreiche sie ihm feierlich.

HIER SCHNEIDEN

Ehrenurkunde

Die Gewerkschaft Verziehung und Wissenskraft verleiht diese Ehrenurkunde

....

in Anerkennung ihrer/seiner hervorragenden Leistungen als einfühlsame pädagogische Fachkraft, die für die besonderen Bedürfnisse und echt problematischen Probleme der ihr anvertrauten jungen Menschen stets eine offene Herzklappe hat und keine Hausaufgaben stellt, die für diese jungen Menschen eine unangemessene Belastung darstellen und sie für die kognitiven Lernziele im Unterricht weniger empfänglich machen könnten.

Diese Bescheinigung berechtigt zu einem um 10% erhöhten monatlichen Gehalt, zu einem um 20% verstärkten Schimmern des eigenen Heiligenscheins und zu einer um 30% erhöhten Zuteilung leckerer Schokoladenkekse während der großen Pausen im Lehrerzimmer.

Gezeichnet

Vorsitzende der Gewerkschaft Verziehung und Wissenskraft

Erpressung

Diese Taktik ist bei Referendarinnen und Referendaren besonders erfolgversprechend. Schneide den Brief aus und gib ihn der ganzen Klasse zum Unterschreiben.

Liebe/r Referendar/in,

wenn Sie uns Hausaufgaben aufbrummen, müssen Sie alle unsere Hefte auf dem Rücksitz Ihres Autos verstauen oder sie im Bus auf dem Schoß balancieren und den ganzen Abend damit verbringen, sie durchzusehen.

Wenn Sie uns keine Hausaufgaben stellen, werden wir Sie nicht verpetzen, und wir werden auch unglaublich brav sein, wenn Ihr/e Seminarleiter/in kommt, um sich Ihre Lehrprobe anzuhören.

Denken Sie darüber nach. Unser Vorschlag ist in Ihrem Interesse. Es geht um Ihre Note! Es geht um Ihre Zukunft!

Hochachtungsvoll

Die ganze Klasse

Gefährliche Folgen

Schneide diesen Zeitungsartikel aus und lasse ihn an einer Stelle liegen, wo dein/e Lehrer/in ihn auf jeden Fall zu sehen bekommt.

Die Nacht des Hausaufgabenmonsters

Heute ist es wieder so weit: Unserem beschaulichen Städtchen steht die Nacht des Jahres bevor, in der das Hausaufgabenmonster sein Unwesen treibt. Jahr für Jahr sind

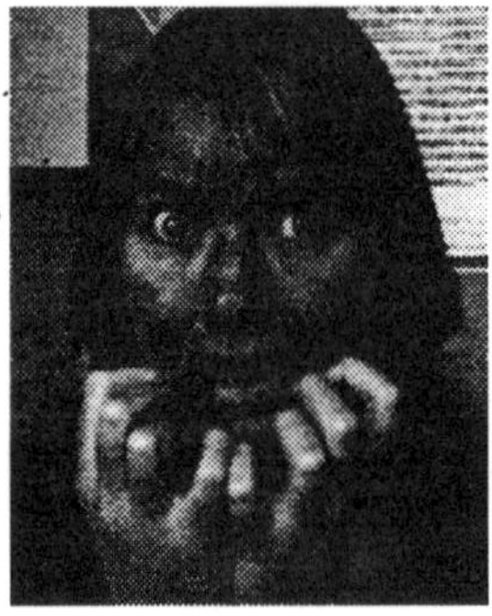

Lehrerinnen und Lehrern, die an diesen Tag Hausaufgaben gestellt hatten, die seltsamsten Dinge widerfahren. Als Frau Hammer-Schraubenstock (die über die Geschichten vom Hausaufgabenmonster nur gelacht hatte) letztes Jahr nach Hause kam, war an sämtlichen Wänden die Farbe abgeblättert, und in ihrer Küche standen kniehoch in Milch eingeweichte Cornflakes. Sie sagte: „Hätte ich die Geschichten vom Hausaufgabenmonster doch bloß ernst genommen! Ganz gewiss werde ich heute keine Hausaufgaben aufgeben. Darauf können Sie eine Tüte Cornflakes mampfen!"

Ein anderer Lehrer (der nicht genannt werden will) steht noch immer zu sehr unter Schock, um in Worte zu fassen, was ihm letztes Jahr passiert ist. Ehe er sich in sein Haus einschloss und es verriegelte, schaffte er es gerade noch, die folgenden Worte zu stammeln: „Mit dem Hausaufgabenmonster ist nicht zu spaßen. Ich bibbere noch immer vor Angst, wenn ich nur daran denke, wie übel es mir mitgespielt hat. Jeder, der heute Hausaufgaben stellt, ist wahnsinnig, wahnsinnig, WAHNSINNIG!"

Deutsche Galoschenagentur

Hier einige Ablenkungsmanöver für Fortgeschrittene

Ablenkungsmanöver Nr. 1
Allzweckwaffe

Für alle, die einen tragbaren Kassettenrekorder besitzen, ein genialer Plan.

1. Nimm deinen Kassettenrekorder mit in die Schule.
2. Nimm die Pausenglocke auf. Halte den Rekorder bereit.
3. Spiele die Aufnahme fünf Minuten vor Stundenende ab, sodass dein/e Lehrer/in gar keine Chance mehr hat Hausaufgaben zu stellen.

Wenn es in deiner Schule keine Pausenglocke gibt, könntest du versuchen stattdessen eine Feuersirene aufzunehmen. Mit dieser Alternative solltest du jedoch vorsichtig sein – wenn du geschnappt wirst, könntest du ganz schön im Löschwasser ... äh, in der Tinte sitzen.

Ablenkungsmanöver Nr. 2
Physik

Gerade wenn dein/e Lehrer/in am Schluss der Stunde auf das Thema Hausaufgaben zu sprechen kommen will, zeigst du ihr/ihm einen Stein, den du am Morgen auf dem Schulweg aufgelesen hast. Lege die folgende Bescheinigung vor, um zu beweisen, dass es sich um echtes Mondgestein handelt. Erkläre, dass dein Onkel dir den Stein geborgt hat, ihn aber unbedingt wiederhaben will, wenn er von der Arbeit nach Hause kommt.

HIER SCHNEIDEN

Bescheinigung

Dies ist absolut echtes Mondgestein, das ich, Buzz Aldrin, vom Mond mitgebracht und dem Onkel dieses Kindes geschenkt habe.

Alles klar?

Ablenkungsmanöver Nr. 3
Mathematik

Leg diese Mitteilung vor der Stunde auf den Tisch deines Mathelehrers.

HIER SCHNEIDEN

NEUER MATHEBERG IN EUROPA

Matheantworten häufen sich: Europäischer Rat sieht dringenden Nichthandlungsbedarf

Um der Überproduktion von Matheaufgaben entgegenzuwirken, müssen in den Mathebüchern unserer Schulen dringend Brachflächen geschaffen werden. Für jeden Schüler, der keine Matheaufgaben bekommt, zahlt die Europäische Gemeinschaft aus einem eigens dafür gebildeten Fonds an die betreffende Schule 500 Märker aus.

Sonderbeauftragte der EU werden die Ausführung dieser Bestimmung überprüfen.

VIELLEICHT STEHEN SIE IN DIESEM AUGENBLICK SCHON VOR IHRER TÜR.

Ablenkungsmanöver Nr. 4
Geschichte

Gerade wenn dein/e Geschichtslehrer/in dazu ansetzen will, die Hausaufgaben zu diktieren, ziehst du diesen Zeitungsartikel hervor und fragst, ob es denn überhaupt noch einen Sinn hat, aus den alten Geschichtsbüchern zu lernen.

GANZE GESCHICHTE FALSCH, sagt Professor Brettschneider

Professor Brettschneider von der Universität Oberammergau gab gestern bekannt, bei jüngsten Ausgrabungen sei eine Kiste zum Vorschein gekommen, die nachweislich zur Zeit Kaiser Barbarossas verbuddelt worden sei. Diese Kiste enthalte Kieselsteine, Erde und eine verbeulte Cola-Dose. „Unser Fund beweist, dass unsere gesamte Geschichtsschreibung bis heute auf einem völlig falschen Dampfer war", sagte der Professor in einem vielbeachteten Interview. „Und die Schulbücher unserer Kinder können wir auch vergessen." Geschichtsminister Schneepofer zeigte sich betroffen und kündigte eine gründliche Untersuchung an.

HAUSAUFGABEN IN ZEHN SEKUNDEN

Auf den folgenden Seiten findest du eine Sammlung von Hausaufgaben, die so einfach sind, dass du sie in höchstens zehn Sekunden erledigen kannst.

Du fragst dich, warum wir dir Hausaufgaben stellen, obwohl dieses Buch doch angeblich davon handelt, wie man sich erfolgreich vor Hausaufgaben drückt?

Nun, dahinter steckt – wie immer bei uns – ein raffinierter Plan: Wenn du nämlich eine unserer Zehn-Sekunden-Terrinen ausgelöffelt hast, kannst du mit Fug und Recht und guten Gewissens und ohne auch nur im geringsten lügen zu müssen, behaupten für dieses oder jenes Fach Hausaufgaben gemacht zu haben. Ja, wenn irgendwelche Zweifler dir nicht glauben wollen, kannst du sogar ohne Schwierigkeiten einen Lügendetektor-Test überstehen. Du kannst zu deiner/m Direktor/in gehen und sagen: „Mein/e Lehrer/in glaubt mir nicht, dass ich in diesem oder jenem Fach Hausaufgaben gemacht habe, aber ich habe welche gemacht. Zur Wiederherstellung meines guten Rufs verlange ich ein Verfahren vor dem Schwurgericht oder mindestens 20 Mark Schweigegeld, außerdem ein paar Tage schulfrei, das neueste Computerspiel und Topnoten im nächsten Zeugnis."

PS: Weitere Hausaufgabentricks enthält übrigens „Das supergeheime Lehreraustricksbuch" (Arena-Taschenbuch Band 1902), das zum Besten gehört, was unsere zeitgenössische Literatur zu bieten hat. Natürlich ist es reiner Zufall, dass dieser Klassiker ebenfalls aus unserer Feder stammt. Die Presse schrieb über das Buch: „Vollkommene Prosa gepaart mit unbändiger Fantasie – wäre da nicht beim Honorar ein kräftiger Nachschlag fällig?"

Erdkunde 1

Wahrheitsgemäß kannst du behaupten, du hättest dich mit dem Studium von Landkarten beschäftigt, wenn du dir zehn Sekunden lang diesen Stadtplan von Bankfurt anschaust.

Verdresdner Bank

Komm-Herz-Bank

Bank mit Löffel

Bank ohne Löffel

Bank für gemeine Gastwirtschaft

Bank für Geheimwirtschaft

Mit an Sicherheit grenzender Wahrscheinlichkeit eine Bank, was sich jedoch von hier aus nicht 100%ig erkennen lässt

Parkbank

Bankfurter Fischbörse

Tourist Information

Tourist Desinformation

Bankfurter Würstchen

Verlorene Banknote

Haus eines Bankräubers

Verratenes Bankgeheimnis

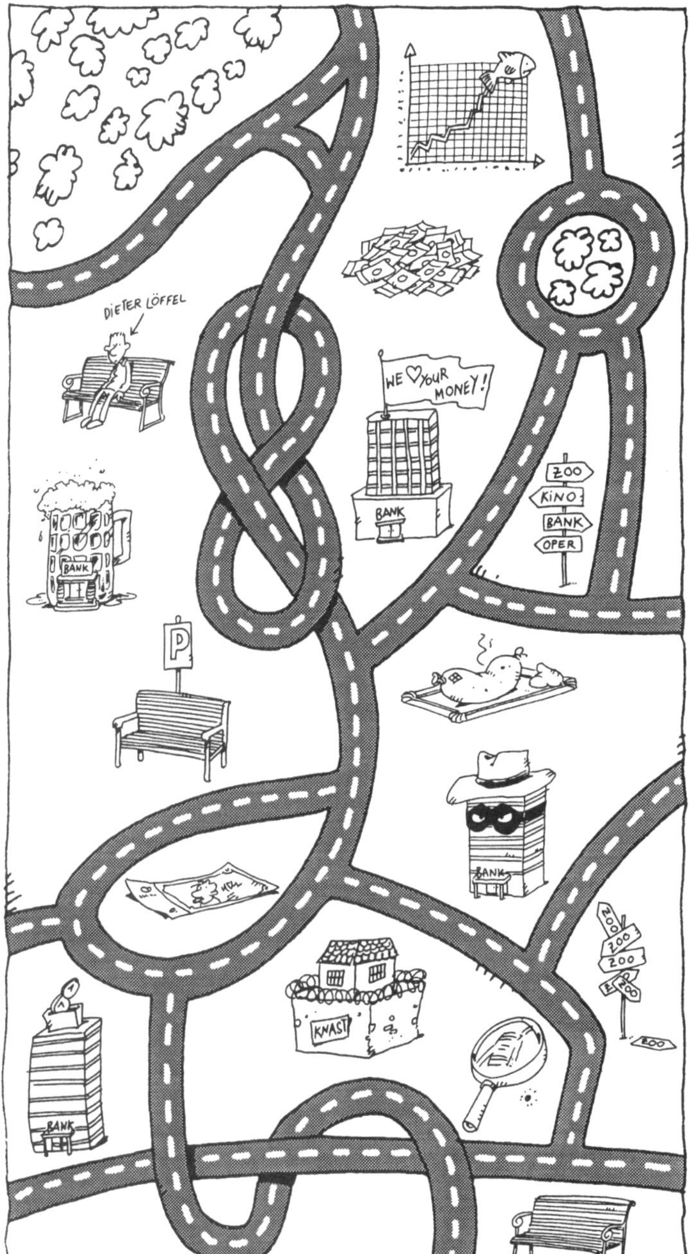
DIETER LÖFFEL
WE ♡ YOUR MONEY!
BANK
ZOO
KINO
BANK
OPER
BANK
P
BANK
ZOO
ZOO
ZOO
ZOO
KNAST
BANK
ZOO

Erdkunde 2

Beantworte dieses Quiz und du kannst ganz ehrlich sagen, du hättest dich eingehend mit der menschlichen Geographie beschäftigt.

Quiz

Richtige Antwort bitte ankreuzen.

Erdkundelehrer sind im Allgemeinen:

a. ein bisschen dämlich

b. scharf aufs Bergsteigen

c. nicht besonders helle

d. alles bisher Genannte zusammen

Erdkunde 3

Schon wieder Kartenlesen (viel mehr haben diese Erdkundefuzzis ohnehin nicht auf der Pfanne)

In früheren Zeiten orientierten sich die Seeleute an den Sternen und auch heute noch greifen Seeleute in der Not gern auf dieses uralte Wissen zurück. Dabei verbinden sie die Sterne mit Linien, sodass sich bestimmte Bilder (sogenannte „Stern"-„Bilder") wie „der Pflug" ergeben.

Hier sind einige heutzutage zu Unrecht vergessene Sternbilder. Einige davon sind für die Navigation nützlicher als andere. Suche die nützlichsten heraus.

1 Bob die Giraffe

2 Conan der Barbar

3 Bart des Propheten

4 Autobahn A 44 bei Erwitte-Anröchte

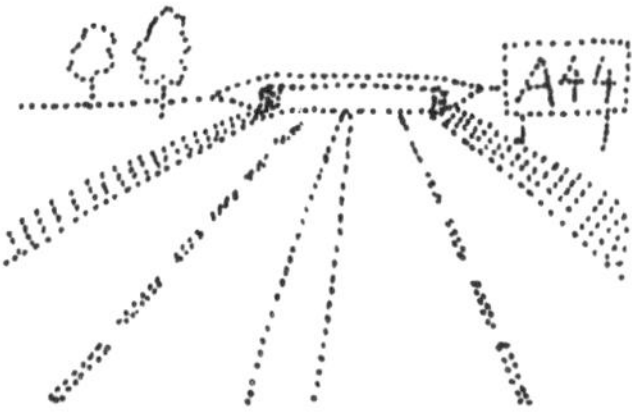

Mathe 1

Mathehausaufgaben können ewig dauern.

Diese jedoch sind in höchstens zehn Sekunden getan.

Mal sehen, ob du dieses Flussdiagramm erfolgeich einer Lösung zuführen kannst.

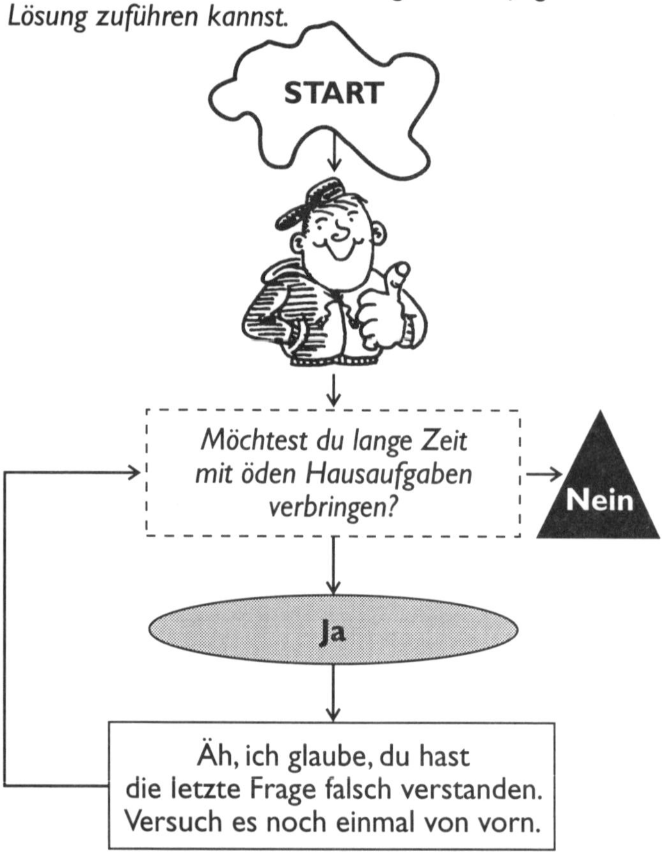

Diesen Kasten bitte nicht lesen! (Ey, kannste nicht lesen? Das hier sollste nicht lesen, kapiert?)

Mathe 2

Probier es doch mal mit dieser sofort löslichen Rechenaufgabe:

1. Denk an eine Zahl. Es kann jede Zahl sein – gerade oder ungerade, positiv oder negativ, eine ganze Zahl oder ein Bruch. Wenn du diese Übung zum ersten Mal machst, ist es allerdings sicher einfacher, eine positive ganze Zahl zu nehmen.

2. Das war's.

Geschichte 1

Lies dir den folgenden Fragebogen durch und du kannst mit Fug und Recht behaupten, dass du nicht nur eine der bedeutsamsten Schriften über das Wesen der Geschichte selbst studiert hast, sondern auch einen Multiple Choice-Fragebogen zum Thema ausgefüllt hast.

Zu Kundt und Wissen all Ihr Leuth:

Eyn Fragebogen, der Euch freuth!

Richtige Aussagen bitte ankreuzen.

Was uns die Geschichte lehrt:

A. Alles und jedes.

B. Dass wir das Fach bei nächstbester Gelegenheit abwählen sollten.

C. Dass Datteln am besten schmecken, wenn sie gegessen werden.

D. Dass wir die Fehler der Person, von der wir abschreiben, nicht wiederholen sollen.

E. Dass „Vergeben und Vergessen“ die vernünftigste und menschlichste Einstellung zum Leben ist und der Geschichtsunterricht deshalb abgeschafft gehört.

F. Dass die beste Methode sich historische Daten zu merken darin besteht, sie sich in der großen Pause vor dem Geschichtstest mit Kuli auf den Unterarm zu schreiben.

Geschichte 2

Vor allem Geschichtslehrer/innen stehen auf umfangreiche Hausaufgaben, die mindestens so lange dauern wie der Dreißigjährige Krieg. Deshalb folgen zwei weitere Kurzaufgaben, die dir im Bedarfsfall aus der Patsche helfen sollen.

Wahr oder falsch?

Maria Theresia verwandelte 1975 mit einer sagenhaften linken Vorhand diesen Matchball zu ihrem ersten Sieg in Wimbledon.

Antwort

Spar dir die Mühe! Du kennst die Antwort doch längst. Lass uns lieber weitermachen.

Geschichte 3

Die Schlacht im Teutoburger Wald

Im Jahre 9 nach Christus besiegte Hermann der Cherusker im Teutoburger Wald (oder vielleicht auch anderswo) drei römische Legionen, die von dem Feldherrn Publius Quintilius Varus befehligt wurden. Anschließend sprach der römische Kaiser Augustus die berühmten Worte: „Varus, Varus, gib mir meine Legionen wieder!" Hier ein paar andere Bemerkungen, die er bei dieser Gelegenheit auch hätte machen können.

1. Varus, Varus, gib mir meinen Lutscher wieder.

2. Varus, varum hat dir deine Mutter bloß einen so albernen Namen verpaßt?

3. Ey, Varus, haste mal 'ne Legion für mich?

4. Virum, Varum, Löffelstiel.

Geschichte 4

Am 14. 4. 1912 stieß der britische Luxusdampfer Titanic auf seiner Jungfernfahrt mit einem Eisberg zusammen und ging unter.

Erst kürzlich machten Fischer an der Nordküste Österreichs einen sensationellen Fund: In ihren Tintenfischnetzen verfing sich eine Stahlkassette mit dem lange verschollen geglaubten Tagebuch des Kapitäns. Lies dir die folgende Seite durch und glänze in der nächsten Geschichtsstunde mit deinen Kenntnissen.

14. April

Ein herrlicher Morgen auf einem unsinkbaren Schiff und das ganze Leben noch vor mir – Seemannsherz, was begehrst du mehr?

Jungfernfahrt bisher vorbildlich. Muss daran denken, den Matrosen zum Dank pro Tag einen Zwieback mehr zuteilen zu lassen. Gestern Abend beim Klönschnack mit der netten Passagierin aus Kabine 312 wohl doch zu viele Austern geschlürft und Sekt achtern gekippt. Heute Morgen beim Aufwachen etwas Schwierigkeiten mir den Schlaf aus den Bullaugen zu reiben. Um 6 Uhr eigenhändig Rollmöpse geangelt, um 6 Uhr 30 vom Smutje ein Katerfrühstück zubereiten lassen, danach 2 Stunden lang Schifferklavier geübt.

Ach, es geht doch nichts über den Ausblick von der Kapitänskajüte. Aber was kommt denn da backbord in Sicht? Etwas unglaublich Großes, wunderbar Weißes! Das müssen wir uns unbedingt aus der Nähe ansehen. Hein, fahr doch mal ein bisschen näher ran. So ist's gut. Noch ein Stückchen. Heiiiiinnnnn ....

Religion

Warum dein Gewissen mit nicht erledigten Religionshausaufgaben belasten? Beantworte die folgenden Fragen, und du wirst deiner/m Lehrer/in aufrichtig in die Augen schauen und demütig nicken können, wenn sie/er dich fragt, ob du auch hübsch artig und fromm warst und deinen Pflichten nachgekommen bist.

Es gibt eine theologische Fakultät, die davon ausgeht, dass es ein 11. Gebot gab, für das Moses auf den Steintafeln, die er mit auf den Berg Sinai nahm, keinen Platz mehr übrig hatte. Diese Fakultät ist zwar ziemlich klein und wahrscheinlich längst geschlossen, doch das Gerücht vom 11. Gebot ist seit Moses' Zeiten immer wieder aufgeflammt.

Sieh dir die unten aufgeführten Gebote an. Welches könnte deiner Meinung nach das 11. Gebot gewesen sein?

Deutsch

Das größte Problem handelsüblicher Deutschhausaufgaben ist, dass sie mit reichlich Lesestoff verbunden sind. Wichtig ist, dass du jemanden kennst, der das ganze Zeug gelesen hat und dir sagen kann, was drinsteht. Falls du irgendwelche öden Sprachübungen machen musst, wird sich die folgende Zehn-Sekunden-Aufgabe sicherlich als nützlich erweisen.

Welches der in Klammern gesetzten Worte gehört in die Lücke? Der erste Satz soll dir als Beispiel dienen.
Beispiel: Er wählte das explosivste Geschenk.
(exklusivste, explosivste)

1. Wenn sie Deutscharbeiten korrigieren, legen Deutschlehrerinnen größten Wert darauf, ________ zu sein
   (schnell fertig, fair)

2. Ein guter Deutschlehrer ist ein _____ Deutschlehrer.
   (verständnisvoller, gründlicher, gütiger, unheimlich lockerer, toter)

3. Am meisten schätzen Deutschlehrerinnen _________ Fragen.
   (schlaue, nachdenkliche, weiter führende, ihre eigenen)

4. Deutschlehrer würden niemals zulassen, dass ihr ______ von persönlichen Gefühlen beeinflusst wird.
   (Unterrichtspensum, endloses Klagelied über die frechen Schüler/innen)

Physik

Dass du dich mit wichtigen Fachfragen beschäftigt hast, kannst du mit gutem Gewissen behaupten, wenn du Folgendes liest:

Als Neil Armstrong, der erste Mensch, der je den Mond betrat, die Leiter der Mondkapsel hinunterstieg, sagte er: „Ein kleiner Schritt für mich, aber ein riesiger Sprung für die Menschheit."

Hier ein paar Bemerkungen, die er bei dieser Gelegenheit ebenso gut hätte machen können:

Das sieht ja aus wie ein riesiger Schweizer Käse.

Also, Houston, wo bin ich hier noch mal genau?
Nein, sagt es mir nicht ...
Es fängt mit M an, oder?

Bello! Wie kommst du denn hierher?

Moment mal! Ich habe mein Strandlaken und mein Buch vergessen.

Toll! Sieht aus, als wär hier gerade Sommerschlussverkauf.

HAUSAUFGABEN VERGESSEN? DIE BESTEN AUSREDEN

Also, gut. Du hast deine Hausaufgaben nicht gemacht und der Zeitpunkt, zu dem du sie abgeben musst, rückt unabwendbar näher. Wir alle kennen diese Szene:

Action. Ein Klassenzimmer. Hellichter Tag. Die Schülerinnen und Schüler sitzen an ihren Tischen und warten auf den Beginn der Stunde. Einige haben ihre Hausaufgaben parat, andere nicht. Ein Löwe kommt herein. Er hat gewaltige Zähne, ungefähr so:

Langsam und unerbittlich geht er auf die Schüler ohne Hausaufgaben zu ...

Halt, Moment mal! Wir haben die falsche Szene erwischt. Noch einmal von vorn:

Action. Ein Klassenzimmer. Hellichter Tag. Die Schülerinnen und Schüler sitzen an ihren Tischen. Ein Lehrer kommt herein, knurrt, schüttelt seine Mähne, reißt sein Maul auf und sagt: „Okay, Leute, ich sammele jetzt eure Hausaufgaben ein und jeder, der nichts abzugeben hat, wird die Gesetze der Wildnis zu spüren bekommen."

Jetzt wird es Ernst. Der Zusammenstoß naht. Falls du deine Flucht nicht mit Rauchbomben sichern kannst, hier ein paar hieb- und stichfeste Ausreden, die du in dieser Situation einsetzen kannst:

Versteckte Kamera

Kopiere diese Mitteilung und lasse sie so herumliegen, dass dein/e Lehrer/in sie sehen muss.

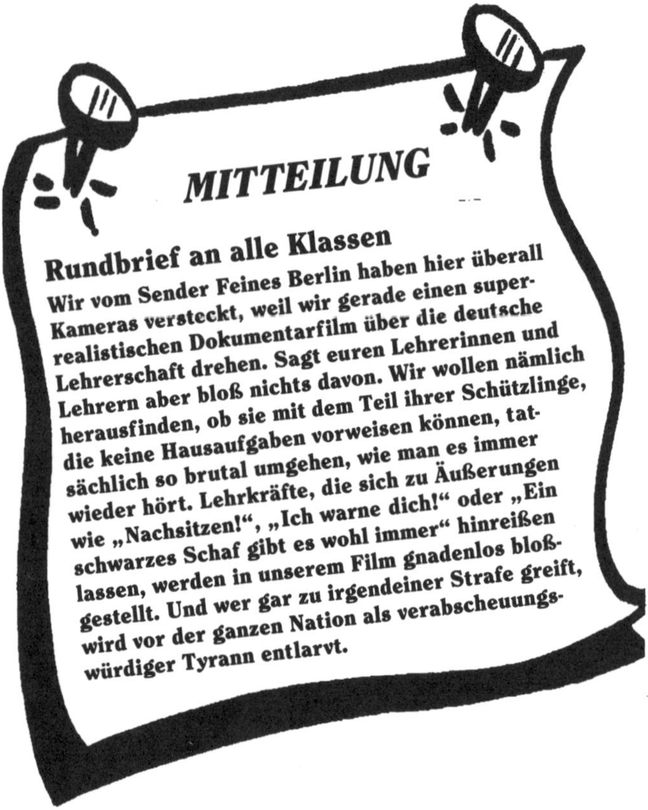

MITTEILUNG

Rundbrief an alle Klassen

Wir vom Sender Feines Berlin haben hier überall Kameras versteckt, weil wir gerade einen superrealistischen Dokumentarfilm über die deutsche Lehrerschaft drehen. Sagt euren Lehrerinnen und Lehrern aber bloß nichts davon. Wir wollen nämlich herausfinden, ob sie mit dem Teil ihrer Schützlinge, die keine Hausaufgaben vorweisen können, tatsächlich so brutal umgehen, wie man es immer wieder hört. Lehrkräfte, die sich zu Äußerungen wie „Nachsitzen!", „Ich warne dich!" oder „Ein schwarzes Schaf gibt es wohl immer" hinreißen lassen, werden in unserem Film gnadenlos bloßgestellt. Und wer gar zu irgendeiner Strafe greift, wird vor der ganzen Nation als verabscheuungswürdiger Tyrann entlarvt.

Formulare, Formulare

Bitte deine/n Lehrer/in dir beim Ausfüllen des folgenden Formulars zu helfen, indem er/sie den jeweiligen Namen und das Fach einträgt. Dann wartest du so lange, bis er/sie auch den Rest durchlesen konnte, und sagst dann: „Um das andere brauchen Sie sich keine Sorgen zu machen.“

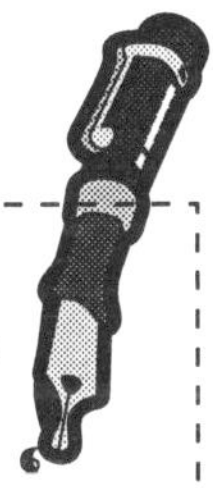

Komitee für die Beförderung und Bezahlung von Lehrkräften (KfdBuBvL)

Name des Lehrers/der Lehrerin: ....

Unterrichtsfach: ....

Reaktion auf nicht erledigte Hausaufgaben (bitte ankreuzen)

a) Wunderbar tolerant und voller Verständnis für all die Probleme, denen sich Schulkinder heutzutage ausgesetzt sehen.

b) Durchschnittliche Reaktion.

c) Eindeutig zu verurteilendes,diktatorisches Verhalten, völlig unvernünftiges Schimpfen und Toben, Androhung grausamster Strafen.

Empfehlung für die Gehaltsentwicklung im nächsten Jahr (bitte ankreuzen)

a) Gehaltserhöhung

b) Gleich bleibendes Gehalt

c) Gehaltskürzung

d) Direkte Überweisung des gesamten Gehalts an eine gemeinnützige Einrichtung

HIER SCHNEIDEN

Milde Gabe

Schneide diese Quittung aus und reiche sie an Stelle deiner Hausaufgaben ein.

HAUSAUFGABENQUITTUNG

In einer beispielhaft edelmütigen, uneigennützigen Tat hat dieser Schüler dem Projekt **„Hilfe für ein Europäisches Schulkind"**

__ Stück Hausaufgaben gespendet.

Gezeichnet

Vorsitzender des Projekts
„Hilfe für ein Europäisches Schulkind"

PS: Natürlich ist das wahr, und außerdem ist mein Vater viel stärker als Ihrer, also noch ein Wort und es gibt Ärger!

HIER SCHNEIDEN

Expedition ins Tierreich

Fülle die folgende Bescheinigung aus und gib sie an Stelle deiner Hausaufgaben ab.

Tierische Bescheinigung

Hiermit bestätige ich, Herr Herbert Hund, auch .... genannt, die Hausaufgaben von .... zum Thema .... gefressen zu haben.

Gezeichnet: .... (Hund)

Bezeugt von: .... (Ein weiterer Hund)

PS: GGGGGGrrrrrrrrrrrr!
PPS: Gibt's keine Hundekuchen mehr?
PPPS: Wollen Sie mal sehen, wie ich als Welpe ausgesehen habe?

Allzweckbrief

Dieser auf seine Lehrersicherheit klinisch geprüfte Brief passt bei jeder Gelegenheit.

Mitteilung an alle Klassen

Liebe/r Lehrer/in,

rein zufällig bin ich diesem Kind auf seinem Schulweg begegnet und bat es, mir seine Hausaufgaben zu zeigen. Seien Sie versichert, dass es die von Ihnen gestellte Aufgabe wirklich ganz hervorragend gemeistert hat. Ja, die Hausaufgaben unseres kleinen Schützlings haben mir so gut gefallen, dass ich sie gleich per Autokurier an alle Schulen unserer Gegend geschickt habe.

Sie können stolz darauf sein, dieses Prachtexemplar zu unterrichten! Zwar werden Sie die fraglichen Hausaufgaben nun eine ganze Weile lang nicht zu sehen bekommen, aber ich bin sicher, angesichts der erfreulichen Begleitumstände werden Sie diesen Verlust ganz gewiss verschmerzen.

Ich hoffe, es geht Ihnen gut? Mir nämlich auch.

Gezeichnet

Direx

Traumfrisur

Diese Ausrede eignet sich am besten für den Tag nach einem Frisörbesuch.

Liebe/r Lehrer/in,

ich muss mich bei Ihnen in aller Form entschuldigen!

Ich habe diesem Kind die Haare geschnitten und dabei festgestellt, dass seine Haare eine ganz besonders seltene Wurzelstruktur besitzen. In meiner gesamten haarigen Laufbahn habe ich noch nie eine solche Wurzelstruktur gesehen. Ich fragte das liebe Kind, ob ich das Phänomen noch eine Weile studieren dürfe, aber es erklärte rigoros, das komme gar nicht in Frage, weil es dringend noch seine Hausaufgaben erledigen müsse.

Natürlich habe ich mich seinem vorbildlichen Pflichtbewusstsein gebeugt. Aber dann habe ich vor lauter Aufregung seine Haare auf der einen Seite so verschnitten, dass ich das gute Kind unmöglich in diesem Zustand gehen lassen konnte. Sonst hätten die Leute vielleicht noch gedacht, Sie würden Ihre Zöglinge mit albernen Frisuren herumlaufen lassen.

Natürlich bin ich völlig zerknirscht, weil ich das arme Kind davon abgehalten habe, seine geliebten Hausaufgaben zu erledigen. Aber ich wollte den Ruf Ihrer Schule nicht schädigen. Nur aus dem Grund habe ich so lange herumgeschnipselt, bis die Frisur wieder einigermaßen normal aussah, und das hat leider ewig gedauert.

Liebend gern würde ich meinen Fehler wieder gutmachen. Wenn Sie sich an einem Tag Ihrer Wahl im Laufe der nächsten Woche dreimal die Haare schneiden lassen, werde ich es Ihnen nur zweieinhalbmal berechnen. Einverstanden?

Bitte nicht mehr böse sein!

Ihr

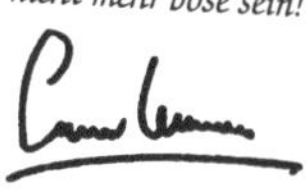

F. Figaro
(Frisör)

Dringende Verpflichtungen

Schneide das unten abgedruckte Protokoll aus, trage deinen Namen in die Anwesenheitsliste ein und gib es vor der Stunde ab.
Glaubwürdigkeitstipp: Gähne mehrmals herzhaft und mach ein völlig übernächtigtes Gesicht.

HIER SCHNEIDEN

Protokoll der 175. Sitzung des Speziellen Sonderkomitees

Anwesend: Herr Hinz (Mitglied Nr. 391)
Frau Kunz (Mitglied Nr. 455)
Herr Krethi (Mitglied Nr. 497) in Vertretung von Familie Plethi
Frau/Herr ____________________ (Mitglied Nr. 501)

1. Das Protokoll der letzten Sitzung wird verlesen und einstimmig genehmigt.
2. Mitglied Nr. 391 bittet um Verzeihung für die kurzfristige Einladung. Besonders entschuldigt er sich bei Mitglied Nr. 501, das erst in allerletzter Minute von der Sitzung erfahren hat.
3. Mitglied Nr. 391 bringt sein tiefes Bedauern darüber zum Ausdruck, dass Mitglied Nr. 501 wegen der unvorhergesehenen Sitzung keine Hausaufgaben machen kann, stellt jedoch gleichzeitig fest, dass diese Situation unvermeidlich und Nr. 501' Anwesenheit bei der Sitzung unbedingt erforderlich ist.
4. Äußerst wichtige Dinge werden ausführlich besprochen.
5. Mit einem traurigen Kopfschütteln schließt Mitglied Nr. 391 die Sitzung und nutzt die Gelegenheit, sich noch einmal bei Mitglied Nr. 501 für die missliche Hausaufgaben-Situation zu entschuldigen.

Für die Richtigkeit des Protokolls

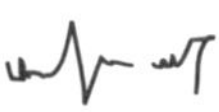

Hans Hinz
(Mitglied Nr. 391)
Vorsitzender des Speziellen Sonderkomitees

Ordensverleihung

Trage deinen Namen – möglichst mit Schönschrift! – in diese Urkunde ein und vergiss nicht, die letzte Zeile um ein passendes Datum und einen angemessenen Ort zu ergänzen. Zeige die Urkunde zu Beginn der Stunde vor und bekunde dein aufrichtiges Bedauern darüber, dass die Verleihung ausgerechnet in die Zeit fiel, die du dir für deine Hausaufgaben freigehalten hattest.

Glaubwürdigkeitstipp: Lächele stolz und selbstzufrieden.

Lebensretter des Jahres

Mit großer Freude bescheinigen wir hiermit, dass ____________________ den Titel „Lebensretter des Jahres" errungen hat und mit einer Überraschungsfeier geehrt wurde.

Der Aufmerksamkeit unseres tapferen Helden entging es letzten Sonntag nicht, dass drei kleine Kinder auf einem brennenden, führerlosen Zug unweigerlich ins Verderben rasten. Beherzt sprang er auf den fahrenden Zug, lief auf den Dächern der Waggons nach vorn (nicht ohne durch geschicktes Ducken gefährlichen Bäumen und Tunneln auszuweichen) und beruhigte die verängstigten Kinder mit der Titelmelodie von „Jim Knopf und Lukas der Lokomotivführer". Schließlich löschte er das Feuer, indem er den Stützpfeiler eines neben den Gleisen befindlichen Wasserturms durchschlug. Anschließend brachte er den Zug zum Stehen, und zwar in allerletzter Sekunde, ehe der Zug ins nächste Kreiskrankenhaus gerast wäre (zu dem man die Gleise auf Grund eines fatalen Irrtums bei der Bauplanung verlegt hatte).

Die Überraschungsfeier mit Ordensverleihung fand am ________________ in ______________ statt und dauerte den ganzen Nachmittag und Abend.

Gezeichnet

Samantha Beverly-Hills — Angela Fuzi-Logic — Ambrosius der Ältere

Samantha Beverly-Hills (Ordens-Verleiherin)

Angela Fuzi-Logic (Ordens-Consulterin)

Ambrosius der Ältere (ein frommer Ordensbruder, der sich in der Versammlung geirrt hatte und zum Trost mit unterschreiben durfte)

Wissenschaftliches Experiment

Bitte einen Freund oder eine Freundin, deinen Namen in die Mitte des Briefes zu setzen, und unterschreibe das Ganze unten.

Liebes pädagogisches Fachpersonal,

wie bereits in Rundbrief FG@119837 angekündigt, ist das pädagogische Dezernat des Schulamts angewiesen die Effektivität der Hausaufgaben an unseren Schulen zu überprüfen. Zu diesem Zweck werden wir in den nächsten Monaten ein Experiment durchführen. Mit Hilfe dieses Experiments wollen wir herausfinden, ob diejenigen Schülerinnen und Schüler, die regelmäßig Hausaufgaben machen, tatsächlich bessere Leistungen erbringen als diejenigen, die sich einen Dreck um ihre Hausaufgaben scheren.

Für dieses Experiment ist auch Ihr/e Schüler/in ______________ ausgewählt worden, und zwar als Mitglied der

- [ ] Versuchsgruppe mit Hausaufgaben
- [x] Versuchsgruppe ohne Hausaufgaben

und wir wären Ihnen sehr dankbar, wenn Sie

- [ ] alle Hausaufgaben der Versuchsperson kopieren und für uns bereithalten würden.
- [x] der Versuchsperson im gesamten Halbjahr keine Hausaufgaben mehr stellen würden.

Vielen Dank für Ihre Mithilfe. Und vergessen Sie nicht: Die Bezahlung aller Lehrerinnen und Lehrer in unserem Verwaltungsbezirk wird von unserem Dezernat geregelt. Es wäre doch schade, wenn Ihr Gehalt aus irgendeinem Grund gekürzt werden müsste.

Mit pädagogischen Grüßen

MITGLIED DER VERSUCHSGRUPPE
OHNE HAUSAUFGABEN –
OFFIZIELLER STEMPEL!

Anneliese Messerschmidt-Kabinenroller
(Leiterin des pädagogischen Dezernats)

<u>Wichtig:</u>
Nicht gültig ohne offiziellen Stempel.

Pädagogische Kürzungen

Bitte den gleichen Freund bzw. die gleiche Freundin deinen Namen einzusetzen und unterschreibe wieder unten.

Liebes pädagogisches Fachpersonal,

da bin ich wieder! Wie Sie wissen, sind wir alle zum Sparen angehalten. Dieser Trend macht auch vor unseren Schulen nicht Halt. In der Vergangenheit hat es bereits Kürzungen bei den Lehrmitteln, bei der Ausstattung der Klassenzimmer und bei der Bezahlung der Lehrerinnen und Lehrer gegeben.

Nun haben wir beschlossen, mit den Kürzungen versuchsweise einmal an ganz anderer Stelle anzusetzen, und zwar an dem Umfang der von Ihnen zu bewältigenden Arbeit. In Ihrem Fall bedeutet dies, dass Sie von heute an davon befreit werden, die Hausaufgaben ausgewählter Schülerinnen und Schüler durchzusehen.

________________ wurde von uns bereits angewiesen, ihre/seine Arbeiten zum Korrigieren in Zukunft an eine andere Stelle zu schicken. Sie werden ihre/seine Hausaufgaben also nie wieder zu Gesicht bekommen.

Wir danken Ihnen für Ihre Mithilfe und hoffen, Sie freuen sich über diese Entlastung.

Mit noch pädagogischeren Grüßen

Anneliese Messerschmidt-Kabinenroller
(Leiterin des pädagogischen Dezernats)

Wichtig:
Nicht gültig ohne einen noch offizielleren Stempel.

MITGLIED DER VERSUCHSGRUPPE „KÜRZUNG DER HAUSAUFGABEN“ – NOCH OFFIZIELLERER STEMPEL!

Ärztliches Attest

Dieses ärztliche Attest hält dir die Hausaufgaben einer ganzen Woche vom Hals. Du brauchst nur das heutige Datum einzutragen, dann ist es sofort gebrauchsfertig.

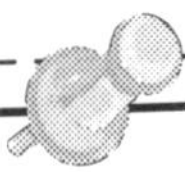

Ärztliches Attest

Bei dieser Person wurde offiziell eine Gammogiariseiasis festgestellt – eine sehr seltene Krankheit, von der Sie wahrscheinlich noch nie etwas gehört haben.

Wie auch immer, entscheidend ist, dass die erkrankte Person in der Woche

vom ________________ bis ________________

nicht mit Hausaufgaben in Berührung kommen darf. Schon bloßer Sichtkontakt kann lebensgefährlich sein!

Gezeichnet

Izin Mann

Dr. med. Izin Mann
Spezialist für
solche Sachen

Iswas Doc

Dr. med. Iswas Doc
Spezialist für
ähnliche Sachen

A. Spirin

A. Spirin
Leadsänger der „Ärzte“

Schadensmeldung

Erzähle gleich zu Beginn der Stunde, bei euch sei eingebrochen worden und die Einbrecher hätten auch deine Hausaufgaben mitgehen lassen. Anfangs wird dir niemand glauben, da es ziemlich ungewöhnlich ist, dass Einbrecher Hausaufgaben stehlen, aber mit dieser Kopie eurer Schadensmeldung kannst du deine Geschichte beweisen.

Schlammburg-Pfannheimer Versicherung GmbH & Co. KG

Zeichnen Sie eine Skizze davon, wie die Einbrecher in Ihr Haus eingedrungen sind:

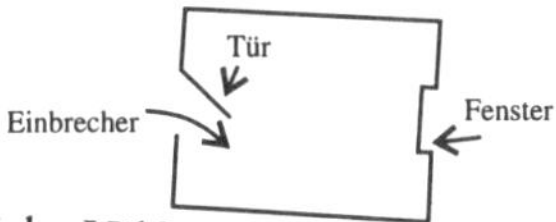

Mutmaßliche Hilfsmittel der Einbrecher:

Wir mutmaßen, dass die Einbrecher Bergsteigerseile, Bolzenschneider, einen dressierten Affen oder dieses kleine spitze Ding an einem Schweizer Offiziersmesser benutzt haben, um in unser Haus einzudringen.

Gestohlene Gegenstände:

Videorekorder, Fernseher, Stereoanlage, CDs
Waldhorn, Klarinette, Posaune, Große Trommel, Xylophon
Ohrstöpsel
Aktentasche mit Brieftasche, Funktelefon, Taschenrechner, elektronischer Wochenplaner
1 St. Hausaufgaben
Gameboy
Noten für Xylophon

Ein Scherz für Tiere

Wer dir nach der Lektüre dieses Briefes deine vergessenen Hausaufgaben nicht verzeiht, muss schon ganz schön hartherzig sein.

Lauter Tierfreunde e.V.

Liebe/r Lehrer/in,

gestern brachte uns dieses liebe Kind ein kleines, zotteliges Tier, das ein gefühlloser Unmensch kaltblütig ausgesetzt hatte. Das kleine Kerlchen sah so drollig aus, als es seine winzigen Vorderpfötchen auf den Rand seines kleinen Schuhkartons stellte, und seine glänzenden Knopfäuglein sahen uns flehentlich an! Es war, als wollte es uns sagen: „Seid meine Freunde! Ich werde auch immer brav sein, wenn ihr nur gut zu mir seid."

Doch, o Schreck! Plötzlich erkannte ich (der ich schon jahrelange Erfahrung mit der Pflege ausgesetzter Tiere habe), dass das arme kleine Ding nicht mehr lange zu leben hatte. Dabei war es doch noch so jung und hätte ein langes Leben verdient, hätte gesund und glücklich über bunte Wiesen tollen und von morgens bis abends nur zufrieden lächeln sollen. Es sah jedoch ganz so aus, als könnten wir nicht viel für das arme Tierchen tun.

Doch dann begann das liebe Kind, das winzige Wesen zu streicheln und ihm tröstliche Worte ins Ohr zu flüstern. Durch geduldige Pflege und viel, viel Liebe brachte es das Kerlchen auf den dornigen Pfad der Genesung. Es schien eine Ewigkeit zu dauern, doch jetzt ist unser Schützling wieder ganz gesund und hat ein glückliches Leben vor sich.

Natürlich hatte das liebe Kind, das diesem possierlichen Tierchen das Leben gerettet hat, keine Zeit für seine Hausaufgaben, aber ich bin sicher, Sie werden es verstehen.

Mit tierlieben Grüßen

Ihre

Adelheid Schäfer-Hund

Adelheid Schäfer-Hund

(Tierpflegerin Erster Klasse)

Träne!

PROFI-AUSREDEN FÜR FORTGESCHRITTENE

Du hast schon alle Ausreden im letzten Kapitel aufgebraucht und es noch immer nicht bis zum Ende des Schuljahrs geschafft? Dann ist es an der Zeit, deine Ziele höher zu stecken. Die folgenden Ausreden sind nur für Fortgeschrittene gedacht. Sie eignen sich für alle, die in großen Maßstäben denken, und wurden in der Vergangenheit ausschließlich von Schülerinnen und Schülern benutzt, die in ihrem späteren Leben Bundesminister, Erzbischöfinnen, Botschafter, Admiralinnen oder Oberaufseher von Ölplattformen geworden sind.

Jeder Ausrede ist eine bestimmte Anzahl von Tapferkeitspunkten zugeordnet. Je mehr Punkte du einheimst, desto größer ist die Wahrscheinlichkeit, dass du es einmal bis zur Bundeskanzlerin schaffst oder eine Führungsposition in einer großen Firma bekommst.

Kleines Opfer für große Kunst

Um diesen Brief vorzuzeigen, solltest du nicht bis zur letzten Sekunde warten. Präsentiere ihn voller Stolz, sobald du das Schulgelände betreten hast.

Sehr geehrte Damen und Herren,

die wichtigste Pappmaschejh-Skulptur dieses Jahres heißt „Der Löwe, die Hexe und Heinz Stunz.“ Wir sind sicher, dass die Skulptur den Frieden zwischen den Völkern fördern wird.

Sie können uns glauben, wir haben uns alle Mühe gegeben die Skulptur rechtzeitig fertig zu bekommen, aber dann ging uns – welche Tragödie! – das Papier aus und wir konnten kein Pappmascheeeé mehr zusammenrühren. Dabei mussten wir nur noch Heinz Stunz' Nase fertig modellieren.

Glücklicherweise kam gerade dieses kunstbeflissene Kind vorbei und opferte seine Hausaufgabe, obwohl es wusste, dass es deshalb Schwierigkeiten bekommen würde.

Inzwischen ist die Skulptur fertig und sieht einfach überwältigend aus. Seien Sie bitte nicht zu streng mit diesem Kind. Es hat einen wichtigen Beitrag zum Weltfrieden geleistet.

Ihre

Papp-ma-Schnee-Kameraden gegen den Krieg

PS: Wie schreibt man eigentlich Pappmatschey?

Tapferkeits- 1 punkt   Tapferkeits- 1 punkt   Tapferkeits- 1 punkt

Papierflieger

Gib am Anfang der Stunde den folgenden Brief ab und mach dabei ein hoffnungsvolles Gesicht.

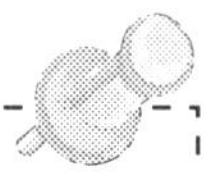

HIER SCHNEIDEN

Liebe/r Lehrer/in,

Ihr/e Schüler/in nimmt gegenwärtig am Europäischen Papierfliegerwettbewerb teil. Kann gut sein, dass er/sie dabei für Ihre Schule einen Computer gewinnt, aber die Chance besteht nur, wenn Sie sich beherrschen und ihr/ihm wegen der fehlenden Hausaufgaben nicht das Leben schwer machen. (Das Papier im Hausaufgabenheft hat nun mal die besten Flugeigenschaften.)

Gezeichnet

Waldemar Stopfkuchen

Waldemar Stopfkuchen
Vorsitzender der Europäischen Papierfliegerunion

Pflichtbewusster Schüler

Glaubwürdigkeitstipp: Summe eine schmissige Melodie, während du zu Beginn der Stunde diese Mitteilung überreichst.

HIER SCHNEIDEN

Hallöchen,

da bin ich wieder! Diesmal bin ich Ihrer/m Schüler/in aus einem ganz anderen Grund rein zufällig begegnet.

Wir brauchen nämlich einen neuen Text für unsere Schulhymne. Die alten Verse wurden 1893 zum letzten Mal generalüberholt und sind inzwischen schon ziemlich abgenutzt. Also bat ich unsere/n kleine/n Freund/in zwei neue Strophen zu dichten, auch wenn mir klar war, dass sich das wahrscheinlich nicht mit den von Ihnen gestellten Hausaufgaben vereinbaren ließ. Können Sie sich vorstellen, wie entzückt ich war, als ich die folgenden Zeilen las?

Oh Schule! Oh Schule!
Um deine Gunst ich buhle.
Du bist so schön und gar nicht lahm,
und wenn die Lehrer Ausflug hahm,
fällt Englisch aus und Mathe,
was ich stets gerne hatte.
In diesem Geist dich suhle.
Oh Schule! Oh Schule!

Oh Schule! Oh Schule!
Um deine Gunst ich buhle.
Ich hätt so gern, dass Wahltag wär,
Doch nicht am Sonntag, sondern eh'r,
Am Donnerstag vielleicht, dann hätte
Ich frei und blieb in meinem Bette.
In diesem Geist dich suhle.
Oh Schule! Oh Schule!

Ich hoffe, Sie sind auch der Meinung, dass ein paar lächerliche Hausaufgaben für eine so mitreißende neue Hymne ein kaum nennenswertes Opfer darstellen.

Gruß und Kuss

Direxius

Tapferkeits- 1 punkt

Tapferkeits- 1 punkt

Patente Ausrede

Anstatt dich mit irgendwelchen öden Physik- oder Chemie-Hausaufgaben herumzuquälen, kannst du den folgenden Text auswendig lernen:
Ich hatte plötzlich eine Idee für ein geniales Verfahren, das die Trinkwasserversorgung in sämtlichen armen Ländern der Welt sichern kann. Vor die Wahl gestellt, entweder über meinen Hausaufgaben zu brüten oder eine Idee weiterzuverfolgen, die Tag für Tag Tausenden von unschuldigen Menschen das Leben retten könnte, habe ich Letzteres gewählt. Ich nehme doch an, dass Sie ähnlich gehandelt hätten?
Nachdem du deinen Text aufgesagt hast, überreichst du folgende Zeichung.

PS: Falls jemand fragt, wie das Verfahren denn eigentlich funktioniere, behauptest du am besten, dein Vorschlag liege beim Patentamt und du könnest daher zum gegenwärtigen Zeitpunkt keine weiteren Einzelheiten verraten.

Ansage

Lerne die folgende Erklärung auswendig:

Nachdem ich über die Ratschläge sämtlicher mir bekannter Respektspersonen bezüglich meiner späteren Laufbahn noch einmal gründlich nachgedacht hatte, wurde mir klar, dass ich mich eingehender als bisher mit meinen zukünftigen Möglichkeiten beschäftigen sollte. Gemäß dem pädagogisch im neuesten Trend liegenden Ratschlag „echte Lebenssituationen spielerisch auszuagieren" habe ich ausprobiert, wie es wäre, Ansager zu sein.

Anschließend räusperst du dich und sagst mit lauter Stimme:

> Meine Damen und Herren, wir bitten kurz um Ihre Aufmerksamkeit. Wegen technischer Probleme werden die für diese Stunde gestellten Hausaufgaben heute leider nicht eintreffen. Wir bedauern alle damit verbundenen Unannehmlichkeiten und bitten um Ihr Verständnis. Danke.

Schuldgefühle wecken

Schneide den unten abgedruckten Zettel aus und reiche ihn während des Unterrichts möglichst auffällig durch die Klasse, bis du endlich erwischt wirst und dein/e Lehrer/in den Zettel sehen will. Zeige ihn nur höchst widerwillig vor.

Was soll ich bloß tun? Ich habe keine Hausaufgaben, weil ich den ganzen Nachmittag und Abend damit verbracht habe, meine alte kranke Tante zu pflegen, aber wenn ich die Wahrheit sage, wird mir ganz bestimmt niemand glauben. Außerdem ist meine Tante erst kürzlich noch älter und kränker geworden, und wenn sie hört, dass ich ihretwegen in der Schule Ärger bekommen habe, kann es gut sein, dass sie an gebrochenem Herzen stirbt. Das Problem ist, dass sie - aus Gründen, die ich hier unmöglich erklären kann - vor dem Rest der Familie geheim hält, wie alt und krank sie tatsächlich ist. Wenn also jemand meine Eltern nach der Sache fragt, werden sie alles abstreiten. Meine Lage ist aussichtslos und ich bin völlig verzweifelt.

Siegeswillen

Trage den Namen deiner Lehrerin oder deines Lehrers in die Lücken des folgenden Briefes ein.

HIER SCHNEIDEN

Claas, Claasen & Claasensen

Notarielle Bescheinigung

Wir, die Notare von Claas, Claasen & Claasensen, schwören feierlich, dass die im Besitz dieses Dokumentes angetroffene minderjährige Person durch die Vorladung zu einer wichtigen Testamentseröffnung von der Fertigstellung schulischer Hausaufgaben abgehalten wurde. Es ging um das Testament eines entfernten Vetters der oben genannten minderjährigen Person. Das Testament hatte den folgenden Inhalt.

Die besagte Person bekommt in absehbarer Zukunft die Verfügungsgewalt über einen Fonds von 750.000 Märkern und 150 handbemalten Bierseideln. Während sie die Seidel selbst behalten darf, ist sie angewiesen, den Geldbetrag innerhalb einer gesetzten Frist an gute, verständnisvolle und alles verzeihende Lehrerinnen und Lehrer zu verteilen.

Wir versichern, dass die abermals besagte Person auf Grund dieser Testamentseröffnung ihren hausaufgablichen Pflichten nicht nachkommen konnte, und bitten höchstnotariell, dieses unumgängliche Versäumnis gütigst entschuldigen zu wollen.

Übrigens, ______, denken Sie doch einmal darüber nach, was Sie alles mit 750.000 Märkern anfangen könnten! Wie wäre es mit einem neuen Haus? Oder mit einer Weltreise für Sie und den Rest der Familie ________?

Sie würden nie wieder unterrichten müssen!

Gezeichnet

Claas Claasen Claasensen

Claas Claasen Claasensen

Nationale Sicherheit

Glaubwürdigkeitstipp: Beim Einreichen dieses Briefes solltest du deine ernsteste und verantwortungsvollste Miene aufsetzen.

Liebe/r Lehrer/in,

Ihr/e Schüler/in war uns im beständigen Kampf gegen [redacted] eine unschätzbare Hilfe.

Aus Gründen der nationalen Sicherheit sind wir leider nicht befugt, Ihnen Zeit, Datum, Dauer sowie Art und Weise der geleisteten Hilfestellung näher zu erläutern, die aber auf jeden Fall außerordentlich bedeutend war. Unter anderem bedeutete sie, dass Ihr/e Schüler/in keine Zeit hatte, die von Ihnen gestellten Hausaufgaben zu erledigen.

Dass dies die Wahrheit und nichts als die Wahrheit ist, lässt sich ganz einfach dadurch beweisen, dass [redacted] und [redacted] oder [redacted] Fisch [redacted] Majonäse [redacted] heiß servieren.

Hochachtungsvoll

[redacted]

Geheim[redacted]

PS: Einige Teile dieses Briefes mussten geschwärzt werden, da [redacted]. Natürlich könnten wir es Ihnen sagen, aber dann müssten wir [redacted]. Wenn Sie weitere Informationen wünschen, schreiben Sie bitte an [redacted]

PPS: Teile des letzten Absatzes mussten ebenfalls [redacted].

Letzte Rettung – Naturwissenschaften

Erkläre mit eifriger Miene:
Wissen Sie nicht mehr, dass Sie einmal gesagt haben, Sie wünschten sich von Ihren Schülerinnen und Schülern mehr Innovationsbereitschaft und Fantasie? Ich habe daraufhin beschlossen, meine Hausaufgaben in Spiegelschrift zu schreiben. Leider bedeutet das, dass sie immer noch auf dem Spiegel stehen.

SOFORT LÖSLICHE FERTIGHAUSAUFGABEN

Es kann durchaus sein, dass du zur Abwechslung tatsächlich einmal Hausaufgaben einreichen willst. Zum Beispiel, weil dein/e Lehrer/in euch vor die Wahl gestellt hat, entweder eure Hausaufgabenhefte abzugeben oder euch hinrichten zu lassen, bereits eine Guillotine gekauft hat, mit Melonen übt und dabei mit irrem Grinsen ruft: „Huiiiiii! Zack! Jaaaaah!"

Für solche und ähnliche Fälle haben wir für alle möglichen Fächer ein paar Fertighausaufgaben zusammengestellt, die du nur auszuschneiden und einzureichen brauchst. Sie werden dir garantiert die besten Noten bringen. Denn unsere Fertighausaufgaben sind handgearbeitet, qualitätsgeprüft, auf ihre Hautverträglichkeit klinisch getestet, von führenden Zahnärzten empfohlen und auch für Diabetiker geeignet. Frühere Hausaufgabenerfahrungen sind für ihre Anwendung nicht erforderlich.

Mathe

Nehmen wir an, in Mathe hast du aufbekommen ein Gedicht zu schreiben. In dem Fall brauchst du nur die folgende Seite auszuschneiden.

ZWEI –
WAS BIST DU DOCH FÜR EINE NUMMER
NICHT LANG UND DÜNN WIE'S BEIN VOM HUMMER
NEIN, GERUNDET WIE ZU SÜSSEM SCHLUMMER
STEHST DU WIE EINE EINS, NUR KRUMMER
WÜRDIG WIE EIN HELD, NUR STUMMER
DEUTLICH SELBST IM ABENDSCHUMMER
ZWEI, DU MACHST MIR NIEMALS KUMMER
DU, MEIN LIEBSTER KLEINER BRUMMER
DRÜCK DOCH MAL AUF MEINEN SUMMER

(MANN, IST DAS EIN VERS, EIN DUMMER!)

Deutsch 1

Früher oder später wirst du wahrscheinlich dazu verdonnert werden, ein Referat über ein Thema deiner Wahl zu halten. Ganz egal, wie viel Zeit du damit füllen musst – hier ist ein Referat, das du jederzeit aus dem Stegreif halten kannst.
Du brauchst nichts weiter zu sagen als den Titel deines Themas: „Die Macht des Schweigens unter besonderer Berücksichtigung der dadurch entstehenden Peinlichkeit". Und dann schweigst du einfach.
Nach einer Weile werden die anderen anfangen auf ihren Stühlen hin und her zu rutschen. Du brauchst nur gelegentlich wissend zu nicken, als wolltest du sagen: „Seht ihr, ich hab's euch ja gesagt."

Wenn die vorgeschriebene Zeit verstrichen ist, sagst du einfach „Vielen Dank" und setzt dich wieder an deinen Platz.

Kunst

Ein Künstler namens René Magritte hat einmal eine Pfeife in eine Schachtel gelegt und dazu geschrieben: „Dies ist keine Pfeife."

Diese Art von Kunst nennt man „Surrealismus". Sie bedient sich des Unerwarteten, um unsere gewohnte Sicht der Dinge in Frage zu stellen.
Wenn du also das nächste Mal für den Kunstunterricht irgendwelche Hausaufgaben machen sollst, brauchst du bloß ein paar alte Aufgaben (egal, für welches Fach) herauszukramen und auf ein Stück Pappe zu kleben. Darunter schreibst du: „Dies ist keine Hausaufgabe."

Deutsch 2

Deutschlehrer/innen lieben es, euch irgendeinen Begriff zu nennen, über den ihr dann zu Hause ein Gedicht verfassen sollt. Wenn sie dich das nächste Mal auf diese Weise foltern wollen, kennen wir einen guten Trick. Er hilft dir, in zehn Sekunden ein fertiges Gedicht zu fabrizieren und gleichzeitig Eindruck zu schinden.

Dazu brauchst du dir nur zu merken, dass es eine berühmte japanische Gedichtform gibt, die „Haiku“ heißt und aus nur drei Zeilen mit insgesamt 17 Silben besteht. Hier ein Beispiel:

Lauer Sommerwind
Ist er nicht ein bisschen auch
Wie unser Leben

Dehne einfach den genannten Begriff auf fünf Silben aus und ersetze damit die erste Zeile. Sollt ihr z. B. ein Gedicht zu dem Thema „Feuer“ schreiben, könnte deine erste Zeile lauten:

Feuer brennt so hell.

Dann fügst du die letzten beiden Zeilen hinzu und schon hast du ein fertiges japanisches Meistergedicht:

Feuer brennt so hell
Ist es nicht ein bisschen auch
Wie unser Leben

Vergiss nicht zu erläutern, dass es sich dabei um ein Haiku handelt, sonst denkt womöglich noch jemand, du wärst einfach nur stinkend faul gewesen.

Achtung: Natürlich darfst du nicht vergessen, Person und Verbform zu Beginn der zweiten Zeile dem jeweiligen Begriff anzupassen. Wenn ihr z. B. über den Begriff „Ferien“ dichten sollt, muss es „sind sie“ heißen.

Naturwissenschaften 1

Zeige den unten abgebildeten Zettel vor und behaupte, du hättest deine Hausaufgaben mit der allerneuesten wissenschaftlichen Entwicklung geschrieben – mit Tinte, die erst sichtbar wird, wenn das Papier erhitzt wird. Um es zu beweisen, hältst du ein brennendes Streichholz an die Seite, bis sie Feuer fängt. Wenn die Rauchmelder in eurer Schule gut funktionieren, kommst du auf diese Weise gleich auch noch um den Rest der Stunde herum.

HIER SCHNEIDEN

Deutsch 3

Diese Fertigaufgabe ist für alle Hausaufgabenopfer mit theaterbegeisterten Deutschlehrern/innen gedacht. Welches Aufsatzthema ihr auch immer bekommen habt – schreib deine Hausaufgabe in Form eines Theaterstücks! Dazu brauchst du nur den unten aufgeführten Dialog abzuschreiben und die letzte Zeile entsprechend zu ergänzen.

Szene: Ein trostloses Wohnzimmer. In der Mitte steht ein Bügelbrett. Ein Poster mit Käsewerbung hängt an der Wand.

Tormann: Wieder nichts los.
Ich: Ein Wintertag?
Tormann: Der Wintertage viele.
Ich: Du hast es also anders auch erlebt?
Tormann: Ich hörte die Vögel. Ich spürte die Sonne.
Ich: Sahst den Ball kommen.
Tormann: Gleißend weiß vor blauem Himmel.
Ich: Du möchtest ein anderer sein?
Tormann: Ich möchte ein solcher werden, wie einmal ein anderer gewesen ist.
Ich: Ein solcher also?
Tormann: Ich möchte ein solches denken, was einmal ein anderer gedacht hat.
Ich: (Hier den Titel des Aufsatzes schreiben)

Wenn dein/e Lehrer/in dich nach deinen literarischen Einflüssen fragt, erwähne beiläufig, du hättest in letzter Zeit einige Stücke von Peter Handkerchief gelesen. Auf weiteres Drängen lässt du den Titel *Die Angst des Tormanns vor der Winterpause* fallen. Mach dir nichts draus, falls du dein Lebtag noch nichts von Peter Handkerchief gehört hast. Dein/e Lehrer/in wird vor Begeisterung sprachlos sein und dir eine Topnote geben.

Geschichte

Erkläre, du hättest versucht, dir die Wirkung der Person oder des Ereignisses, mit dem ihr euch in letzter Zeit im Geschichtsunterricht beschäftigt habt, intensiv vorzustellen. Anschließend hättest du ein Bild von der Reaktion der Leute zu jener Zeit gemalt.
Je nachdem, ob die Person oder das Ereignis gut, schlecht oder weder besonders gut noch besonders schlecht war, kannst du eines der drei Bilder ausschneiden und vorzeigen.

Allzweckgedicht 1

Wenn du wieder einmal zu irgendeinem abgefahrenen Thema Verse schmieden sollst, schreibe einfach den folgenden Text ab.

Kroklokwafzi? Semememi!
Seiokronto prafriplo.
Bifzi, bafzi, hulalemi
Quasti basti bo.
Lalu Lalu Lalu La!
Hontraruru miromente.
Zasku zes rürü?
Entepente, leiolente.
Klekwaputzi lü?
Lalu Lalu Lalu La!
Simarar kos malzipempu,
Silzu Zankun Krei.
Marjomar dos quempu lempu,
Siri Suri Sei.
Lalu Lalu Lalu La!

Auf erstaunte Fragen antwortest du, du hättest dich von Christian Morgensterns *Großem Lalula* inspirieren lassen. Wenn alles mit rechten Dingen zugeht, müsstest du dafür eine Spitzennote bekommen.

Naturwissenschaft 2

Behaupte, du hättest – quasi als Experiment – die Chaostheorie auf deine Hausaufgaben angewendet, und zeige den unten abgebildeten Zettel vor

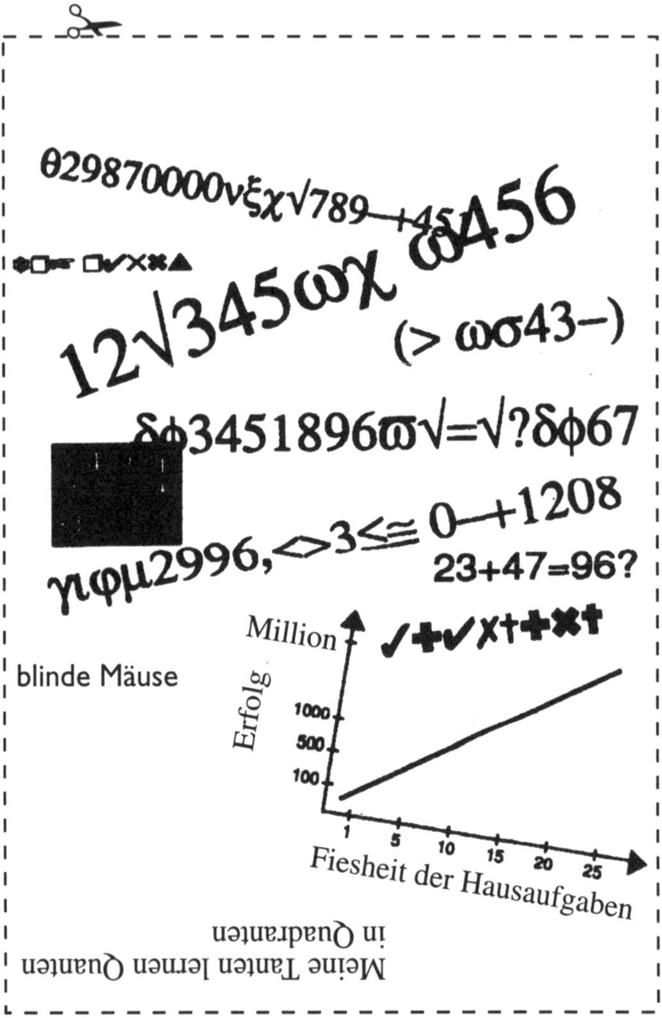

Biologie

Erkläre gleich zu Beginn der Biologiestunde:

Mir ist klar geworden, wie wichtig es ist, dass wir alle einen Beitrag zur Rettung unserer Umwelt leisten. Deshalb habe ich mein eigenes Recyclingpapier und Tinte aus ausgepressten Beeren und Pflanzen hergestellt. Das hat ziemlich lange gedauert. Ich habe auch noch ein bisschen was geschrieben, aber dann hatte ich das Gefühl, für einen Tag genug natürliche Ressourcen verbraucht zu haben.

Anschließend kannst du diesen Zettel einreichen:

Meine heutige Hausaufgabe befasst sich nur mit einem winzigen Teil des allumfassenden Ökosystems auf diesem Planeten, das aus so vielen, vielen Einzelsystemen besteht.

(An dieser Stelle ist mir die Recyclingtinte ausgegangen.)

Allzweckgedicht 2

Geht der Gedichteterror schon wieder los? Mit diesem kurzen Text kannst du allen gereimten Hausaufgabenträumen deiner Lehrerinnen und Lehrer den Wind aus den Segeln nehmen.

Gedichte: Gräber hoffnungsvoller Ideen

Manchmal, wenn ich gebeten werde ein Gedicht zu schreiben erwidere ich: „Warum eigentlich? Was ist das für ein Gedicht, von dem ihr glaubt, es so unbedingt lesen zu müssen? Welchen Teil meiner Seele soll ich euch heute auf die Seite kotzen? Welche Worte soll ich mir aus dem Herzen reißen, um euch die Mäuler zu stopfen? Und all das nur, um eine Bestie zu füttern, die sich ... Hausaufgaben nennt?"

Auf drängende Nachfragen kannst du durchblicken lassen, du hättest in der letzten Ausgabe der UNZEIT ein Interview mit Günther Grasshüpfer gelesen und das habe dich in deiner künstlerischen Entwicklung stark geprägt.

Allzweckaufsatz

Versuche es mit diesem Text, der einem berühmten Buch nachempfunden ist und vor allem jene Deutschlehrerinnen und -lehrer begeistern wird, die etwas von moderner Literatur verstehen und euch immer predigen, ihr solltet eure Fantasie benutzen.

Ich denk mal, gute Aufsätze sollten mit irgendeiner Art von Erklärung darüber anfangen, worum es überhaupt geht, und Ausdrücke wie „ich denk mal" und so sollten darin auch nicht vorkommen, aber ich denk mal, so eine Art Aufsatz wird das hier sowieso nicht, ich hab eben nichts anderes auf der Pfanne und außerdem hab ich sowieso keine Lust auf den ganzen Kram.
Also gut, es geht darum, was in den Ferien alles so abgegangen ist und so. Aber ich hab sowieso nichts von dem ganzen aufgeblasenen Zeugs gemacht, was diese reichen Schnösel immer machen, sondern hab einfach unten an der Bushaltestelle mit den andern Jungs rumgehangen, die Zeit vergehen lassen und mich nicht drum gekümmert, was für ein Tag gerade war oder was das ganze Leben überhaupt sollte, und manchmal haben wir versucht Frau Simmermann glitschige Fische ins offene Wohnzimmerfenster zu werfen.

Wenn du danach gefragt wirst, kannst du erklären, du hättest dich von J. D. Salingers Buch *Der Fänger im Roggen* beeinflussen lassen. (Wenn du weiter gefragt wirst, füge hinzu, dieses Buch habe man bei Lee Harvey Oswald gefunden – dem Mann, den man für den Mord an Präsident Kennedy verhaftet hat.)

DIE BESTEN PROMI-HAUSAUFGABEN

Denkt man an die haarsträubende Menge an Hausaufgaben, die du im Laufe deiner Schulzeit aufgebrummt bekommst, ist es sehr gut möglich, dass du selbst dann, wenn du alle unsere Ratschläge befolgst, irgendwann einmal in Bedrängnis gerätst.
Erst kommen die üblichen Klagen: *„Hast du schon wieder keine Hausaufgaben gemacht?“* – *„Da hättest du dir aber wirklich etwas Besseres einfallen lassen können.“* Oder: „Was ich da in meiner knappen Freizeit und für mein mieses Gehalt mal wieder lesen musste, war eine echte Zumutung.“ Und dann, ehe du dich's versiehst, wirst du zum Direx geschickt, deine Eltern werden benachrichtigt oder du musst zur Strafe das Laub auf dem Schulhof zusammenkehren.

Was nun?

Nicht verzagen! Auch in dieser Situation wissen wir Rat. Wir sind nämlich stolze Besitzer einer wertvollen Sammlung von Prominenten-Hausaufgaben. Du wirst sehen, dass die betreffenden Lehrerinnen und Lehrer von den Leistungen der späteren Superstars nicht gerade begeistert waren. Aber du kannst allen – deinem Direx, deinen Eltern oder irgendwelchen anderen Besserwissern – unsere Sammlung zeigen und erklären, dass an den Hausaufgaben zwar kräftig herumgemäkelt wurde, die Leute, die sie fabriziert haben, heute jedoch weltberühmt sind und viel mehr Zaster haben als alle deine Kritikerinnen und Kritiker zusammen.
Durch hartnäckige Forschungsarbeit, listige Täuschungsmanöver und den einen oder anderen unlauteren Wettbewerb ist es uns gelungen, diese einmalige Sammlung zusammenzutragen. Hier ist sie also. Vorhang auf für ...

 Die besten Promi-Hausaufgaben.

Mathehausaufgaben von Albert Zweistein

◀▶ † 567<190 ✔

02<87>00v89–

7 (x+1 = y -2?

12✔345ω456

Or 21z

Or 2x + 3y/z!<z/y

x ist daher nicht existent und mein Lehrer arbeitet nicht mit einer gültigen Zahlentheorie

γφμ2996,<>3≤≅0–+1208

(7=>90–)

Äh ... ich glaube ... äh ... hm
Wahrscheinlich mal wieder eine Eins
mit Sternchen

My holiday
von Michael Matson

One two three four. I went to the beach. Oh yeah! I went to the beach. Yeah! It was the color of a peach. Oh yeah! Woooohhh! Oh yeah. That was my holiday, Baby. That's what I did. Oh yeah! Oohhh! Yeah!

Ziemlich viele Wiederholungen, Micho, und du hast uns keine eigentliche Geschichte erzählt. Aber du hast dir große Mühe gegeben und deinen Text sehr ordentlich geschrieben. Deshalb gerade noch „ausreichend".

Meine Sommerferien von Reinhold Messwein

Wenn ich groß bin, will ich unbedingt auf alle Achttausender klettern und zum Südpol laufen. Weil das jetzt noch nicht geht, habe ich alle Sachen angezogen, die ich im Kleiderschrank finden konnte, habe mir die Pelzmütze von meinem Onkel ausgeborgt und bin zum Supermarkt gegangen. Dort bin ich Kilometer um Kilometer zwischen den Kühltruhen hin- und hergerannt. Es war unbeschreiblich schön. Drei Wochen lang ist das gut gegangen, bis der Geschäftsführer mich zwischen dem Himbeereis entdeckt und vor die Tür gesetzt hat. Vielleicht schreibe ich ein Buch über meine Erfahrung.

Reinhold, Reinhold. Wie soll das mit dir bloß enden?

Deutschaufsatz von unserem Sportkommentator Rolf Schäpperschön

Guten Abend! Die Wörter im Titel meines heutigen Aufsatzes sind:
Auf Bahn 1 – Mein
Auf Bahn 2 – Urlaub
Auf Bahn 3 – in
Auf Bahn 4 – Spanien
Und da steht der Beginn des Aufsatzes auch schon unmittelbar bevor ... Der Startschuss fällt und es hat keinen Fehlstart gegeben... Ich schreibe den Aufsatz über meinen Urlaub und es läuft sehr gut, alle Wörter liegen noch gleichauf und es geht in die erste Kurve. Die erste Kurve liegt jetzt hinter mir, und ich ziehe auf der Außenbahn vorbei und habe bereits zweiundsechzig Wörter geschrieben, obwohl ich noch nicht viele Einzelheiten meines Urlaubs erwähnt habe, und jetzt wird es spannend, denn wir nähern uns der letzten Kurve. Jetzt geht es in die Zielgerade, und ich habe nur noch drei Setze vor mir. Aber was ist das? Ich gerate ins Straucheln, drohe zu stürzen, das Wort „Sätze" ist falsch geschrieben. Und da kommt unwiderruflich auch schon die Ziellinie in Sicht. Mein Aufsatz ist zu Ende. Ein Schreibfehler. Aber der Gewinner heißt Deutsch.

*Du hast dir große Mühe gegeben, Rolf, doch solltest du nächstes Mal versuchen nicht ganz so schnell zu schreiben.
PS: Wie war's eigentlich in Spanien?*

Picassos Mathehausaufgaben

Pablo, ich fürchte, du hast die Aufgabenstellung nicht begriffen. Wir sprechen uns nach der Stunde.

BEWÄHRTE AUSREDEN HISTORISCHER PERSÖNLICHKEITEN

Falls du vorhast, eine der ganz GROSSEN UNSTERBLICHEN Persönlichkeiten der Weltgeschichte zu werden, wird es dich sicher interessieren, wie bestimmte Topleute der Vergangenheit sich erfolgreich gegen den Hausaufgabenterror ihrer Lehrerinnen und Lehrer gewehrt haben.

Ausreden gibt es, seitdem es Hausaufgaben gibt. Die erste historisch belegte Ausrede aus dem Jahre 4500 vor Christus lautet: „Das große behaarte Mammut hat meine Hausaufgaben gefressen.“ Es gibt aber auch Theorien, denen zufolge es die ersten Ausreden schon sehr viel früher gegeben hat, nämlich zu der Zeit, als die Dinosaurier lieber ausstarben, als regelmässig Hausaufgaben zu machen. Oder als ein Neandertaler zum anderen sagte: „Hey, hast du etwa meine Hausaufgaben gefressen? Na, wunderbar. Wohl bekomm's!“

Ein Blick nach Hollywood genügt, um die letzten Bedenken zu zerstreuen. Oder hast du jemals von einem Star gehört, der mit einem Film unter einem der folgenden Titel ganz groß herausgekommen wäre?

„Spiel mir das Lied vom Vokabeltest.“

„Kevin allein mit seinem Hausaufgabenheft.“

„Die Schöne, das Biest und die Rechenaufgaben.“

„Schneewittchen und die sieben Chemieversuche.“

„Vier Fäuste für einen Deutschaufsatz.“

„Indiana Jones und der Tempel der Hausaufgaben.“

Du wirst sehen: Wenn du dich, wo es nur geht, vor deinen Hausaufgaben drückst, befindest du dich in allerbester Gesellschaft.

WÄHREND ICH IN HEISSER MILCH BADETE, HAT JULIUS, MEIN HEILIGES LIEBLINGSKROKODIL, DAS HAUSAUFGABENHEFT GEFRESSEN. (EIGENTLICH KOMISCH, WO ES DOCH SONST KEINEN PAPYRUS MAG.)

KLEOPATRA,
KÖNIGIN DER KÖNIGE.

Ich habe meine Hausaufgaben an die Tür der Schlosskirche zu Wittenberg geschlagen, aber jemand muss sie abgerissen haben.

M. Luther

War gerade am Südpol und hatte so steife Hände, dass ich keine Hausaufgaben machen konnte.

Roald Amundsen

PS: Bitte meine Handschrift zu entschuldigen, aber es ist immer noch ziemlich kalt hier.

ICH HABE EIN SCHWARZES LOCH ENTDECKT, DAS HAT MEINE HAUSAUFGABEN VERSCHLUCKT.

PROF. STEPHEN HAWKING

Sie regen sich über meine vergessenen Hausaufgaben auf? Muss ich etwa noch deutlicher werden?

Götz
von Berlichingen

Habe versehentlich etwas Milch auf mein Hausaufgabenheft gekleckert. Darauf ist ein höchst interessanter Pilz gewachsen, der sich für die gesamte Menschheit als Segen erweisen wird. Dass meine Hausaufgaben dabei draufgegangen sind, ist dagegen doch ein Klacks, oder?

Robert Koch

ALSO GUT, ICH HABE MEINE HAUSAUFGABEN VERGESSEN. HABEN SIE DAMIT IRGENDWELCHE PROBLEME?

AL CAPONE

Als ich meiner Großmutter schon mal die Hausaufgaben zeigen wollte, schnappte der Wolf sie sich und rannte davon.

Rotkäppchen

WIE DU ÜBER DEINE LEHRERINNEN UND LEHRER MACHT GEWINNST

Wer über seine Lehrerinnen und Lehrer Macht gewinnt, steigert seine Lebensqualität: Weniger Hausaufgaben, weniger Strafarbeiten – ja, einfach insgesamt weniger Misshelligkeiten im Leben.

Es gibt verschiedene Möglichkeiten Macht über deine Lehrerinnen und Lehrer zu gewinnen. Zum Beispiel könntest du

1. *ihre Füße mit Superkleber an der Decke befestigen,*
2. *sie unter Einsatz des Lehrer-Hypnotisier-Apparats ein für alle Mal außer Gefecht setzen.*

Leider gibt es jedoch noch keinen Lehrer-Hypnotisier-Apparat, und unliebsame Lehrkräfte an die Decke zu kleben hilft auch nicht viel, weil selbst den dümmsten unter ihnen irgendwann einfallen wird, dass sie nur ihre Schnürsenkel aufzubinden brauchen, um sich zu befreien. (Obwohl es auch dann noch ziemlich lustig ist, ihnen dabei zuzusehen, wie sie kopfüber in die große Wanne mit nasser Farbe plumpsen, die du rein zufällig an der richtigen Stelle plaziert hast.)

Nein, am erfolgversprechendsten ist die psychologische Kriegsführung. Du musst versuchen, ihre Seelen zu ergründen, sie zu täuschen und ihren Gegenschlägen geschickt auszuweichen. Kurz: Es geht darum, ihre Schwachpunkte aufzuspüren und nach allen Regeln der Kunst auszunutzen.

Wanderpokal

Legt alle zusammen und kauft einen kleinen Pokal mit einer Figur darauf. Auf dem Sockel lasst ihr die Worte „Netteste/r Lehrer/in der Woche“ eingravieren und überreicht den Pokal zum ersten Mal am Ende der ersten Woche des neuen Schuljahrs. Von nun an könnt ihr eine wöchentliche Verleihungsfeier abhalten und die Lehrer so davon ablenken, euch Hausaufgaben zu stellen.
Wichtig ist, dass ihr den Pokal jede Woche einer anderen Lehrkraft verleiht. Früher oder später wird das nämlich dazu führen, dass eure Lehrerinnen und Lehrer in einen Wettstreit darüber treten, wer am nettesten zu euch ist. Außerdem wird es lange Gesichter geben, wenn ihr den Pokal – mit dem größten Bedauern, versteht sich! – nach einer Woche wieder einfordern müsst, um ihn jemand anderem, der viel netter war, zu verleihen. Auf diese Weise verdoppelt sich eure Chance, von den Hausaufgaben abzulenken.

Ellenlange Aufsätze

Gelegentlich kann es vorkommen, dass du dazu verdonnert wirst, einen mehr als zwei Seiten langen Aufsatz zu schreiben. Hier ist ein einfacher Trick, der:

1. deiner Lehrerin bzw. deinem Lehrer ein gaaanz schlechtes Gewissen machen wird und sie/ihn dazu bringt, gaaanz besonders nett zu dir zu sein,
2. bei deiner Lehrerin bzw. deinem Lehrer den bleibenden Eindruck hinterlassen wird, dass du dir gaaanz viel Arbeit gemacht hast, was natürlich überhaupt nicht stimmt.

Und so wird's gemacht:

A. Beende das erste Blatt deines Aufsatzes mitten im Satz. Dann nimmst du ein zweites Blatt und beginnst mit einem Halbsatz, der nicht zu dem ersten Halbsatz passt. Mehr brauchst du auf dieses Blatt nicht zu schreiben.

B. Nummeriere die beiden Seiten des ersten Blattes mit 1 und 2. Das Blatt mit dem nicht dazu passenden Halbsatz nummerierst du mit einer beliebigen ungeraden Zahl, z.B. 5 oder 7 oder sogar noch höher – je nachdem, wie lang der Aufsatz werden sollte.

C. Reiche die beiden Blätter ganz normal ein. Deine Lehrerin bzw. dein Lehrer wird denken, sie/er habe eine oder mehrere Seiten deines Aufsatzes verloren, und wird dich unterwürfigst um Verzeihung bitten.

PS: In dem höchst unwahrscheinlichen Fall, dass schon beim Abgeben auffällt, dass ein paar Seiten fehlen, kannst du immer noch behaupten, du hättest die anderen Seiten verloren. Dann hast du für den ellenlangen Aufsatz wenigstens noch ein bisschen Zeit herausgeschunden.

Berufsneulinge

Die meisten jungen Lehrerinnen und Lehrer lassen sich durch ein paar gezielt dämliche Fragen ganz hervorragend aus dem Konzept bringen. Wichtig ist, dass du brav die Hand hebst, ehe du deine Frage stellst, und dich dabei ganz ernst und höflich gibst. Das wird sie davon abhalten, dich zu bestrafen. Hier ein paar Fragen, die du ausprobieren kannst.

Fragebogen

Schneide diesen Fragebogen aus und gib ihn deiner Lehrerin oder deinem Lehrer. Behaupte, dir sei im Flur rein zufällig der Direx begegnet. Er habe beschlossen, heute zur Abwechslung mal allen Lehrerinnen und Lehrern Hausaufgaben zu stellen, um zu sehen, wie schlau sie tatsächlich sind. Die Fragebögen müssten auf jeden Fall am nächsten Tag ausgefüllt abgegeben werden.

An: Alle Lehrerinnen und Lehrer

Von: Direx

Heute sind Sie mal mit Hausaufgaben dran. Ich habe mir für Sie einen Fragebogen ausgedacht. Aber keine Bange, ich habe extra einfache Fragen ausgewählt, damit Sie nicht länger als fünf Minuten Ihrer knappen Freizeit opfern müssen. Wenn Sie mir allerdings irgendwelche falschen Antworten liefern, werde ich Sie auf der Stelle feuern und Ihr Lieblingsspielzeug auf dem Flohmarkt verkaufen müssen.

Den Kindern unserer Schule habe ich die Antworten schon verraten, aber ich vertraue darauf, dass Sie nicht schummeln werden.

Einen Bus, der spätabends in den Betriebshof zurückgebracht wird, nennt man im Volksmund einen „müden alten Omnibus" – richtig? ❐ Ja ❐ Nein

Welches Jahr unseres Jahrhunderts war 1247 am unähnlichsten? ________________

Welches Land der Erde steht im Ruf, so ziemlich mittelgroß zu sein? ________________

Was wäre ein Kühlschrank, wenn er ein Tier wäre, ein Lama oder eine Gazelle? ________________

Haben Schafe Horoskope? ❐ Ja ❐ Nein

Alexander Graham Bell erfand das Telefon, aber wissen Sie auch, welche Geschmacksrichtung er bevorzugte? ________________

Anhang

GUT GEMACHT!

Du bist am Ende unseres Lehrgangs „Weg mit den Hausaufgaben – nicht mehr als 10 Sekunden Idiotie täglich!“ angekommen.

Nun ist es an der Zeit für die Frage, ob du den Lehrgang erfolgreich absolviert hast.

Wenn du bestanden hast, wirst du auf der nächsten Seite eine persönliche Bescheinigung vorfinden. Im Anschluss findest du ein paar nette Ideen für Spiele, mit denen sich langweilige Unterrichtsstunden verkürzen lassen, und eine kurze Einführung in die Kunst, wie du deine Hausaufgaben erledigen und gleichzeitig noch ein bisschen Geld verdienen kannst.

Wenn du durchgefallen bist, wird ein riesiger Hammer aus dem Buch springen und dir vor den Kopf schlagen.

Also, sei vorsichtig, wenn du umblätterst ...

Jetzt!

Persönliche Bescheinigung

Hiermit bescheinigen wir, dass du den Lehrgang „Weg mit den Hausaufgaben – nicht mehr als 10 Sekunden Idiotie täglich!“ mit Bravour bestanden und die **Bestnote** *errungen hast.*

(Was für ein Streber!)

HIER SIND EIN PAAR VERGNÜGLICHE SPIELE, MIT DENEN SICH AUCH DIE LANGWEILIGSTE UNTERRICHTSSTUNDE EINIGERMASSEN ERTRAGEN LÄSST.

Spiel eins

1. Unterteilt die Klasse in zwei Mannschaften – Mannschaft A und Mannschaft B.
2. Schreibt die folgenden Wörter auf zwei Listen: Uhr, Bleistift, Papier, Schuhe, Tür, Wand, Minotaurus, Gelächter, Hochdruckgebiet, Tote Hosen, Rote Waldameisen, Peng, Schnurrbart, Löwe.
3. Eine Liste geht an Mannschaft A, die andere an Mannschaft B.
4. Während der Stunde versucht ihr euren Lehrer oder eure Lehrerin dazu zu bringen, möglichst viele der Wörter auf der Liste eurer Mannschaft zu sagen. Die Mannschaft, die die meisten Wörter abhaken konnte, hat gewonnen. Denkt aber daran, dass ihr selbst die Wörter nicht benutzen dürft.

Spiel zwei

Auf kleine Zettel schreibt ihr jeweils einen der folgenden Aussprüche:

Müsst ihr immer so laut sein?

Melde dich gefälligst vorher, wenn du etwas sagen willst.

Los, weiter mit der Arbeit!

Was hast du gerade gesagt?

Was glaubst du wohl, wo wir hier sind?

Haltet ihr mich wirklich für so dumm?

Noch mal so ein frecher Spruch, und du bist reif fürs Klassenbuch.

Wenn jetzt noch einmal einer dazwischenquatscht ...

Dann steckt ihr die Zettel in einen Hut. Alle, die mitspielen möchten, ziehen vor der Stunde jeweils einen Satz. Gewonnen hat, wessen Ausspruch als Erster fällt – allerdings nur, wenn er dies mit einem lauten „Bingo!“ quittiert.

WIE DU DEINE HAUSAUFGABEN ERLEDIGEN UND GLEICHZEITIG NOCH EIN BISSCHEN GELD VERDIENEN KANNST

Bitte deinen Lehrer oder deine Lehrerin, euch als Hausaufgabe ein paar schwierige Quizfragen zu stellen. Mit dieser Bitte wirst du so viel Eindruck schinden, dass sie ganz bestimmt nicht unerfüllt bleiben wird.

Nimm die Fragen mit nach Hause und verkünde überall, du würdest ein allgemeines Quiz veranstalten und die Hälfte der Teilnahmegebühren für einen guten Zweck spenden. Versuche in Nachbarschaft, Verwandtschaft und Freundeskreis so viele Mitspielerinnen und Mitspieler wie möglich zu finden und teile sie in zwei Mannschaften auf. Erkläre ihnen, du hättest die letzten drei Wochen damit verbracht, dir extra schwierige Fragen auszudenken, damit sie das Ganze auch als echte Herausforderung empfinden. Dann liest du die Fragen vor und bittest jedes Team, die Antworten aufzuschreiben.

Am Ende sammelst du die Teilnahmegebühr und die Zettel ein. Auf den Zetteln müsstest du die meisten Antworten für deine Hausaufgaben finden.

Die Hälfte des eingesammelten Geldes spendest du für einen guten Zweck, z.B. für einen Kindergarten in eurer Nähe. Vom Rest kaufst du einer der Mannschaften einen netten Preis und müsstest trotzdem am Ende mit einem hübschen Plus dastehen.